如意的乡愁

如意的乡愁

张如意　著

河北大学出版社
·保定·

出 版 人：朱文富
责任编辑：翟永兴
助理编辑：冯喆圆
装帧设计：赵 谦
责任校对：刘景坤
责任印制：常 凯

图书在版编目（CIP）数据

如意的乡愁 / 张如意著. -- 保定 ：河北大学出版社，2022.5
ISBN 978-7-5666-1970-9

Ⅰ. ①如… Ⅱ. ①张… Ⅲ. ①散文集－中国－当代 Ⅳ. ①I267

中国版本图书馆CIP数据核字(2021)第261187号

RUYI DE XIANGCHOU

出版发行：河北大学出版社
地址：河北省保定市七一东路2666号 邮编：071000
电话：0312-5073003 0312-5073029
网址：www.hbdxcbs.com
邮箱：hbdxcbs818@163.com
印 刷：保定市正大印刷有限公司
幅面尺寸：150 mm × 230 mm
字 数：168千字
印 张：17
版 次：2022年5月第1版
2022年5月第1次印刷
书 号：ISBN 978-7-5666-1970-9
定 价：78.00元

品赏如意的“乡愁”

——《如意的乡愁》序言

刘增山

近年来在文坛上崭露头角的张如意，又有一部力作——《如意的乡愁》和我们见面了。这部作品的问世，与之前出版的《如意四季歌》《如意的星空》，构成了古体诗、现代诗和散文的创作序列。其作品的主题一部比一部深化，其表现手法一部比一部多样，在读者中赢得的声誉越来越高，可喜可贺。

一

《如意的乡愁》中的情根，扎得很深。

如意这部十多万字的散文集，内容非常丰富，作者本人将其分为《我的易水河》《故乡的年》《我的风花雪月》《四时随感》《家乡的美味》《心中的圣殿》和《五味杂陈》七个篇章，其生活铺排广阔，体裁表现多样，是一部内容与形式完美结合的优秀著作。第一篇《我的易水河》围绕易水河题材而娓娓道来，写的是作者少年时代在故乡易水河畔的生活回忆，在这部集子里分量最重，是如意乡愁的源头；第二篇《故乡的年》，是作者对儿时在易水河边过年的写生，记录了北方农村过年的风俗人情，自会引起同乡人的共鸣，同时对思考和探讨中国的民俗文化也很有裨益；第三篇《我的风花雪月》和第四篇《四时随感》属抒情散文，写的是春夏秋冬的风花雪月，感觉是作者在给他的乡愁缝织色彩斑斓的霓裳；第五篇《家乡的美味》是作者对故土保定风土人情隽永的描写，是充满地方烟火味的随笔，是想起来就馋涎欲滴的咀嚼不尽的“乡愁”；第六篇《心中的圣殿》和第七篇《五味杂陈》，是作者结合工作与日常生活书写的一些生活感悟，可谓作者生活里的朝花夕拾，是珍藏在作者心底的“乡愁”。

品赏之一：易水河，如意“乡愁”的源头

《如意的乡愁》植根于易水河这片乡土。《约会》《快乐的风》《敲门》《过易水》等主要篇章，都是以易水河为背景写下的乡土生活记忆。易水河特殊的传承基因已成为作者的人生底色，也已成为他的创作底色。

莫言曾经说过，作家写故乡，是一个命定的东西。

易水河一直是如意的魂牵梦绕。作者说，他梦见过云雾缭绕的大青山，梦见过碧波荡漾的春湖水，梦见过绿油油的麦田和盛开的油菜花，而最想和最多梦到的则是故乡的易水河。他说：“我非常感谢这片土地，感谢这里的父老乡亲，我生于斯长于此，如果没有这片土地，没有这片土地上的生活，我不可能写出这么多作品。”

《我的易水河》里的篇章，皆取材自易水河或与易水河相连的这片故土。作者儿时曾在这里拾粪、砍猪草、挖野菜、掏鸟窝、游泳、捕鱼、打游击、捉迷藏等，充满着童年生活的无限乐趣。熟悉这里生活的作者，心里沉淀着极其丰富的素材，顺手拈来即成文章。在《约会》一文中，女孩儿樱子以她一双泪汪汪的大眼睛使一场村童“大战”化干戈为好和，将易水孩子身上特有的童真与善良表现得很是灵动。读过这篇散文，樱子“哥哥——哥哥——”的哭叫声，仍会在耳边回响。《敲门》选材于“文革”时期，一个不懂大人争斗世界的小学生，懵懂中按校长的要求给老师写了一张大字报，不曾想给老师带来了莫大的人生灾难；醒悟之后，这位学生带着满心的悔恨，冒着风雨，扛着一篮土豆，敲门给病中的老师送去，是易水后代另一种觉醒的良知和对幼稚的告别。

易水河畔经历沧桑的代代人，苦于乡土，乐于乡土。

作者笔下的乡亲们，各有各的苦乐。春香爷爷最为享受的时刻就是早晨起来或睡觉前，叼着旱烟袋，打开戏匣子，听听广播。春香哥哥的快乐是上树掏鸟窝，下河捉鱼，去生产队的马棚牵马骑驴。只有春香妈妈一天比一天憔悴，不喜欢与那些农村妇女们一起东家长李家短的嚼舌根，也忍受不了那与猪圈连在一起男女共用的茅房，是母亲的乡愁。社员们的快乐是天黑后到露天放映场看电影。

这样的乡愁，也许似曾相识，如意笔下还有不一样的情长。

细想这条北方常见的季节河，又不同于北方一般的季节河，因为这条两千多年前的河流，曾经上演过“风萧萧兮易水寒，壮士一去兮不复还 ”的慷慨悲壮一幕。如今，虽然英雄豪杰已经淹没在了历史的波涛中，但是这条河给如意的作品带来了足够的影响，不仅给如意的思想增添了许多诗情画意，还磨砺了他作品的锋芒。如意曾在《如意四季歌》的《五四感怀》中表达过他作为易水之子的心理路程：忆荆轲刺秦，夫复何求？俯观沧桑，刀枪杀伐已成历史；作为一介书生，仰易水壮烈，俯仗剑卷中，自勉在风萧水寒中要守住内心，让命运在如海的书卷中解读生命的内在，挥发出自有的风华。字里行间折射出的是作者和易水人的风骨，悠扬翩跹，其文思如流水那样远。

品赏之二：风花雪月，如意“乡愁”的情裳

风花雪月，本是自古以来文人笔下常见的题材，风是穿山过水拂面而来，花是零落成泥常开不败，雪是日出消融檐上落白，月是咫尺天涯千秋万载。作者张如意的生活里，似有沐不完的轻风，闻不够的花香，看不够的月亮，观不尽的雪野。事实上，尽管通篇风花，满纸雪月，但景景品味皆是情，字字观来都是情裳。作者笔下的风花雪月，已成为披挂在如意乡愁上面的霓裳。

作者笔下的风，是放飞思绪的风。

在《如意的乡愁》中，作者取材的风，既非风催万紫千红，也非风打百花凋零，而是人与风的共舞。作者在《放风筝》中，先是把放风筝写得绘声绘色，接着，作者的笔线也被风筝的牵线引入空中，指出放风筝实际上“是在放飞梦想和心情”，让人们仿照风筝的自由、洒脱去挣脱生活的压抑和桎梏，到大自然当中去，也向蓝天放飞一次。

沐浴在春风里的作者，在放飞中并没有飞得很远，因为他在风中听到杜鹃久违的鸣叫。在《杜鹃啼血》一文中，充满忧患意识的作者自责地反思道：“这个地球上，最自私最贪婪的，或许就是我们人类自己！”由于过度开发，破坏了许多地方的生态，喑哑了诸多鸟儿的叫声，于是他提醒人们：要反省自己，要多给自然界的生命们留点儿生存的空间，免得更多的杜鹃们啼血。这是作者更深的“乡愁”。

作者笔下的花，是有灵魂的花。

这里既有年年看也看不厌的牡丹花，又有岁岁赏也赏不够的月季花；这里有早开的玉兰花，又有晚开的枣花、松花。作者笔下的百花，各有各的美色，各有各的花魂。请看作者在《枣花开了》一文中对那不起眼的枣花的刻画：

在我的记忆中，枣花开的是很晚的。当桃花、梨花等早已结出果实，就连槐花也香飘半月之后，枣花才慢吞吞地开放。

……

但是，在我的心目中，枣花却十分可爱。我喜欢她的诚实和低调，喜欢她的朴素和亲切。她放弃了奢华，放弃了花枝招展，放弃了绚烂的色彩和舞台，搭着季节的末班车，怯怯地问候着初夏的风云和太阳。待到中秋时节，她送给人们的是香甜的大红枣。

有时候我想，漂亮并不等于可爱。漂亮是一种外形，可爱是一种气质；漂亮源于天生，可爱是内在的修为。

枣花，开得迟，却美得长久。

在《赏樱》一文中，作者与花融为一体，蓦然觉得：人即是花，花即是人；人在赏花，花也在赏人：站在樱花树下，仿佛自己也变成了樱花。作者由此悟道："无论是何种赏花，并不仅仅在于花之美，还在于赏花的人要有美感，要有一颗美好的心。"作者还提醒赏花人，花开总有花落，要懂得珍惜，因为花开时，"看得见，闻得到，摸得着，却永远回不去"（见《夏花灿烂》）。在《荒草赞》一文中，作者借日本平安时代一位贵族诗人"春日莫烧荒，爱人在其中，我亦在其中"的和歌，呼唤人们对生命的呵护。

作者笔下的雪，是善解人意的雪。

书中直接描写雪景的文章很少，但《初冬》《立冬随感》《冬日东湖》《冬晨的记忆》《冰上东湖》等，都是与冬雪融为一体的大数据。像迎着寒风在雪中恣意绽放的冬菊花，则意味悠长，它不惧寒冷，是担当岁寒之义的典型代表。

雪在如意的乡愁里并非单指雪，而是水气的指代。作者在《霜降》一文中写道：“雨、露、霜、雪是兄弟姐妹，一奶同胞，只是大自然造就了它们不同的个性。”观如意笔下的雨、露、霜、雪，无不含情脉脉。

作者笔端下的雨很多，与作者彼时彼地的处境、心情各异，时而安静，时而燥热；时而喜悦，时而哀愁；时而滚烫，时而冷漠……雨，成了作者感情前行离不开的伴侣和寄托。

“我依然前行。雨，尽情地下吧！明晚就是七夕，你要用自己多情的泪水，洗净世界上的阴霾，让美好的夜空，只闪烁那两颗耀眼的星。”（见《七夕雨》）

作者笔下的月，是不负人心的月。

在《如意四季歌》《如意的星空》及《如意的乡愁》中，作者创作了多幅以月亮为题材的诗画。在《如意的乡愁》中，作者对月亮形象的描写不仅更为婉约动人，而且离我们更近，更为亲情化。作者笔下的《晓月》《月亮》《弯月》《冬月》《跟着月亮走》《冬晨残月》《辞别冬月》等，月懂人情，相聚则圆，别离则缺，“月下枝头，人上心头”，引得多少痴情男女“跟着月亮走”，如梦如醉。

在《晓月恋人》一文中有这样一段描写：

> 月亮是不负人心的，只要是晴好的日子，她都会在天空静静地等着你。从圆到缺，从缺到圆，月复一月，年复一年，从你懵懂的年少，等到了火热的青春，如今又到了华发斑斑。
>
> 月亮为什么这么执着地等待？只有月亮自己知道。

品赏之三：陪都美食，馋涎欲滴的“乡愁”

作为在故土保定工作多年的作家，张如意对本地的风土人情有着特殊的体验和情感，第五篇《家乡的美味》充满民间烟火味，记录了作者在日常生活中对保定及其附近地区的一些传统小吃的感想。《白运章包子》《保定驴火》等作品曾在《保定日报》发表。皮儿薄馅儿精的白运章包子，体现保定人憨厚、倔劲儿的驴肉火烧，刮成了一股舌尖上的美食旋风。作者曾带着他的华侨朋友光顾白运章包子铺，把吃白运章包子的情形描写得令人馋涎欲滴：“用嘴轻轻地咬上一口，一股热乎乎的油便滋滋地冒了出来。为了不让油顺着嘴角溜走，急忙用嘴巴将开口处包裹住，于是油便接触到了舌尖，进而充满了口腔，牛羊肉的鲜香味儿立刻统治了整个味觉系统。”读到这里，谁不想去亲口吃他个满嘴流油？

品赏之四：珍藏在“乡愁”里的生命提示

《四时随感》《心中的圣殿》及《五味杂陈》等，是作者结合他在图书馆的工作及其日常生活书写的多个生活界面的真情实感，既透视了作者当时的心境心绪，又是作者对人生的多层思考。

一样的人生，一样的世界，为什么有的能如愿以偿，有的却总是事与愿违？作者通过这样一个故事揭示了这一命理。说日本一个渔夫因救过一位龙女而受龙宫恩遇；在返回人间时，龙王赠一宝盒，嘱其千万莫开，但渔夫好奇，还是忍不住打开了；谁想打开之后的瞬间，渔夫自己顿时由年轻变为老朽。故事告诉人们，每个生命都有一个时光留下的宝盒，需要小心呵护认真保存，只有这样才会永远年轻，但是当你打开它，失却了生命的密码，便会成为老妪或老翁。生命的密码究竟是什么？是故土养育你的空气、水土和那轮红彤彤的太阳（见《在石家庄看旭日升起》）；是那颗又小又弱却仍然在努力发光的星星（见《一颗星星》）；是一个人人生轨迹的线段向立体不懈演进的抑扬顿挫（见《生活》）。

在《再见，草原》一文中，作者说他到大草原之前，心中总在描绘着那悠悠的羊群和大漠孤烟，总在记挂着昭君脸上的泪珠和成吉思汗背上的弯弓。总想着骑上一匹蒙古马，放开缰绳，在风吹草低的原野上自由驰骋；总想着站在大青山的山顶，近距离观看雄鹰展翅盘旋和利剑般的俯冲；总想着盘腿坐在静静的湖水旁，听着那悠扬的马头琴声，喝上一碗马奶酒，然后与草原的夜色同醉；总想着在风雪交加的夜晚，躺在蒙古包里，听那草原狼的仰天嚎叫和求偶的歌声。对美好的憧憬，是珍藏在作者心底的另一层“乡愁”。

最为可贵的是，作者不仅触物生情，而且把这种“乡愁”演化为工作中炽烈的热情。图书馆积年累月的工作，不仅没有疲劳馆长诗人的热情，还激励了诗人对责任更多的担当，如意将与自己朝夕相处的图书馆视为“心中的殿堂”，是“乡愁”的另一种境界。

二

《如意的乡愁》，作为作者的第一部散文集，是他已经出版的前两部诗集在构思的新奇、语言的律动等表现优势的延伸。加之解弦请拨的叙事功力，将该书打造得更为出神入化。

取材新颖，表现不一样的世界

文似观山不喜平。如意的散文，因取材的新颖给读者带来了不同的视觉。

湖泊是作品中常见的题材，波光粼粼的西湖往往又争先恐后出现在作家们的笔下。如意选取的不是西湖而是东湖，且不是最富有诗意的春夏的湖水，而是冬天的湖色。作者漫步在凛冬，满怀是冻不住的回忆，且以诗人特有的目光发现一轮红日从楼宇的缝隙中跳出，对世界露出了灿烂的微笑，是对寒冷的藐视和对春天的渴望。在《日月同辉》一文中，作者取材于农历腊月二十五，是太阳和月亮难得一见的“伟大的邂逅”之日，借日和月“这对宇宙间永恒的恋人”，表达人世间“日月同辉”这一伟大的主题，是独有的思力。作者写道：

今年农历腊月二十五，太阳和月亮终于见面了。没有乌云作梗，没有雾霾作祟，启明星已悄悄隐去，大部分人还在熟睡，只有冻结的大地、纯净的天空、坚强的树梢和微微的寒风作证。

这是一次伟大的邂逅。或许为此，它们在银河中默默运行，挨过凄风苦雨，躲过流星暗算，等待了几万甚至上亿个春秋。但是，命运总会让它们牵手，相遇，这也是命中注定。

一面羞红映半空，一面皎洁照山河。

素描淡抹，旨在凸显鲜明的个性

张如意的《如意的乡愁》中，与前两部诗集不同的是，作家笔下出现了许多人物速写，像樱子、春香、爷爷等。作者对人物的描写多采用素描的手法，着墨不多，却凸显了人物的性格特征。请看《快乐的风》一文中的描写：

奶奶花白的头发整齐干净地在脑后挽成一个圆圆的小纂儿，上面插着一根银色的簪子，灰色对襟小褂儿，藏青色裤子打着裹腿，尤其是那一双穿着黑色纳底布鞋的小脚，就像两只大号的粽子，春香每次看到都感到格外奇怪。她曾经问过奶奶，但奶奶也说不清，只是记得从几岁的时候就开始用布将脚紧紧地裹起来，而且很疼，就这样一直裹着，等长大了也就成了这样。

一双小脚，折射出一代人的命运。

人格比肩，有一种思想的穿透力

小说靠情节，诗歌靠情感，散文靠语言。张如意的散文并不华丽，作品多是平常的字句，很少装修粉饰，但其性格化的比喻却有一种思想的穿透力。他这样写芒草："我喜欢它们那份韧劲，风雨来了就低下头，弯下腰，风雨过后又重新站直；我喜欢它们那种安静和低调，从不卖弄风情，也不争风吃醋。秋风拂过的时候，它们轻吟抒情的歌；夜深人静的时候，它们则悄悄地思念。寒露就要来了，霜降也不远了，可它们还是那么安静，安静。"（见《静静的芒草》）

他在《鸟窝》一文中，从久未看到喜鹊的伤感和期盼写起，引发了对人类居家的感叹："其实，人类的房子也如同这鸟窝，无论搭建得多么结实或豪华，如果没人居住了，也就成了空巢。而人的精神世界又何尝不是如此呢？如果你没有了精神的支柱或追求，空有一副躯壳又有什么用呢？"

读到这里，有谁不会由彼思己，又有谁的心会无动于衷？！

忠于写实，还原历史的沧桑

如意的这部散文集，从往年回忆写到当今，时间跨度半个多世纪，作者通过对环境和人物的描摹，还原了多个历史年代的风貌，让我们看到了那些久别的熟识：街道两旁低矮的土坯房和夯筑的院墙，用白色的石灰粉写着"抓生产，促革命"之类的大字标语，给人们重新认识生活提供了身临其境的回想。他写乡下的车辙："两道嵌入泥土路面的马车车辙，静静地、缓缓地向街道的两端平行延伸着，述说着村落的沧桑和历史。"他写当年的火车："小火车像一条褐色的爬虫，在田野中快速蠕动着。车头的烟囱像鲸鱼的鼻孔一样，突突地喷着浓烟。"这些描写该唤起多少故旧的怀想？"老师，您坐过火车吗？""没坐过火车，还没见过火车跑吗！"这些幽默而诙谐的对话，不可能不引起岁月的感叹。

《榆钱坨子》一文，在回顾了小时候捋榆钱，母亲蒸榆钱坨子的经历之后，将镜头拉回到今天，自己也尝试做了一次榆钱坨子，只不过玉米面换成了全麦粉，还加了几个鸡蛋、几滴花生油。他年近九旬的老岳母吃过后，竟然破例地说了句："好吃！"这些描写勾画出了两个时代同样幸福的感觉。

读过《如意的乡愁》，联想颇多，掩卷思索：书中的"乡愁"到底在哪里？作者告诉我们，他的乡愁，不仅是自己的心灵告白，也是一种精神的寄托。正如作者所说："所谓'乡愁'并非仅仅是我们平时所说的思乡之情，而应该是我们人类所具有的一种普遍的情感归宿。"

这正是作者创作的本心。

三

《如意的乡愁》的出版，除了它自身的思想和艺术价值，还有另一层深刻的意义，即对作者张如意创作成就的认知。自2016年开始，如意先生在短短三年时间里相继完成了《如意四季歌》《如意的星空》和《如意的乡愁》三部格调新颖、表现隽秀的佳作，委实令人赞叹。

《如意四季歌》写的是地上的四季风景；《如意的星空》写的是

天上缥缈无垠的星辰；《如意的乡愁》写的是人间的喜怒哀乐。纵观这三部作品，正好是由天、地、人组成的一幅立体画卷。

三部作品，体裁不同，其着力点却同在人性的重构。

一要说真话

近年来，读者似乎离书店越来越远。有人说是网络文字的兴起改变了诸多读者的阅读方式，确实有这方面的原因，但根子不在这里。根本的原因在于长期以来不少文学作品对真实性的敷衍，使读者对作品产生了逆反心理。日子这么忙，拖累这么多，谁愿意再把时间花在读那些虚情假意的文字上面？

张如意作为图书馆馆长深知读者的好恶。因此，他将真实作为自己创作的基石。他的作品平实朴素，似乎是原生态的“还原剂”，能还原生活的本真，也由此能格外吸引读者的目光。

巴金在他的《随想录》中强调作家和作品一定要讲真话，说写作就是“挖掘自己的灵魂”。张如意做到了。

二要吐真情

张如意虽然是一位心静情亦静的作家，但他热爱生活，他喜春之花草的俏丽，喜夏之风雨的浪漫，喜秋之果实的丰厚，喜冬之霜雪的静谧。对人世间，作者笔下有着浓浓的乡情、亲情、友情和爱情。诗人托物言志，诉诸的情感真挚感人。如作者在《后记》中所言：“这本书中包含了故事、散文、随笔等几种文学形式，内容也较为复杂，但其主题是很明确的，就是对真情的表白，对善良的讴歌，对美好的礼赞。这本书的出版，能够使更多的人阅读这些作品，同时增进我和读者的思想交流，唤起读者心中对真、善、美的判断和追求。”

三是挺正义

诗人内心的正义感是其作品的特质之一。在作者的世界观里，个人虽有贫贱和富有之分，但人格是平等的，为此，如意的作品总在呼唤着公平正义。在《格桑花》一文中，作者讴歌了这种世界里并不名贵的花，虽然其花形偏小，但它“美丽而绝不张扬，低调而绝不自卑，娇小中显露着天真，美丽中显示着顽强”，透视出作者不趋炎附势的人生信条。

西塞罗曾说：“正义是人类的最高尊严，即便一切都倒了，只要正义不倒，生活便会站着。”

四是播真知

作品的引导作用，历来是评价作品的第一标准。如意的文集里，传播的做人做事的智慧极为丰富，例如作品中关于“如何活出弹性”的教义就极有指导价值。

做不了那颗灿烂的星，就去做黑夜，做光明的衬托；做不了莲花，就去做污泥，做鲜艳的营养；超然的晓月，当太阳升起的时候，隐藏起来，去等待下一个夜晚。（见《晓月》）不要只想做花，做叶也很好，因为花养心，叶养身。（见《新绿》）如果你欲释怀更多的心事，就向雨地里走去。（见《喜欢雨》）如果你悲叹生命的短暂，就去捡拾一片落叶，想一想生命的循环。（见《落叶》）如果你因怀才不遇而忧伤，就去野外看看野草。（见《荒草赞》）

在这本散文集中，作者告诉了我们许多做人的睿智，不仅是真经，且可行，用好了，会助你的追求不虚此行。我信。

这许是《如意的乡愁》的社会意义所在。

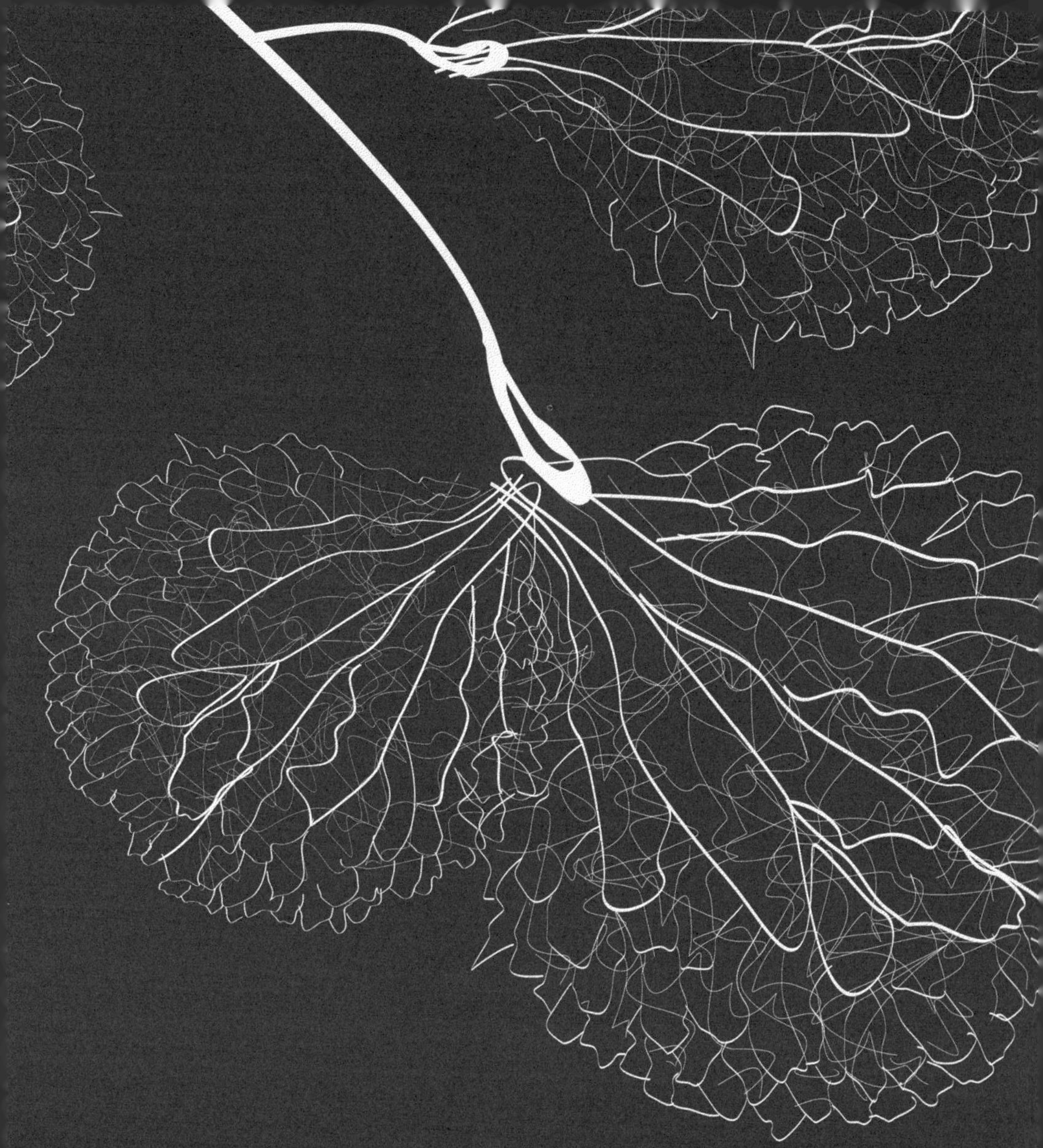

目 录

第一篇　我的易水河

第二篇　故乡的年

第三篇　我的风花雪月

第四篇 四时随感

第五篇　家乡的美味

第六篇 心中的圣殿

第七篇 五味杂陈

第一篇

我的易水河

约会

过了惊蛰，天亮得早了。虽然还有些春寒料峭，但风中却增添了一丝暖意。华北平原上那些古朴的村落好像还没有从漫长的冬夜中醒来，仍在静静地酣睡中。少年恐怕惊扰尚在熟睡的家人，小心翼翼地搬开院子的柴门，走出了村庄。他来到田边，深深吸了一口清晨甘冽的空气，那熟悉的早春气息立即唤起了大脑深处的记忆，心头掠过一丝微微的欣喜。麦田中的麦苗开始返青了，麦芽从枯死的黄叶下面钻了出来，吐出淡淡的新绿。向远处望去，河套边上的几株垂柳，像一团团黄绿色的烟雾，在晨曦的映衬下如泼墨的山水画一般，给单调的大地增添了一些诗情画意。是啊，春天正在悄悄地走来。

在二十世纪七十年代，中国农村实行的是公社、生产大队、生产小队的管理制度和经营模式，在生产技术方面虽然使用了抽水机和拖拉机等机器，但从整个生产生活来看还处在一种半原始的状态。许多农活还是要靠手工，使用镐头、铁锹、锄头、镰刀、手推车、扁担、筐等原始的劳动工具。少年记得刚上小学的时候，老师就给同学们讲将来社会是按需分配，等同学们长大了，不但肉和馒头随便吃，而且火车和飞机也能随便坐。老师的这些话让少年幼小的心灵充满了对未来的向往和美好憧憬。但也有调皮的同学问："老师，您坐过火车吗？""没坐过火车，还没见过火车跑吗！"老师的回答引得全班同学哄堂大笑。所以，那时候少年的梦想就是长大后能当一名生产小队的车把式，那样就可以赶着马车跑跑运输，顺便去外边的世界看看。也正因为如此，刚刚十一二岁的他就学会了赶马车。记得当一个人赶着马车跑在乡间大道上的时候，那种成就感和自豪感远远超过了后来拿到汽车驾照后第一次开车跑在公路上的感觉。当然，为了偷学赶车技术，也挨过生产队长和饲养员的不少责骂。

除去农忙和上学的时间，那时候的孩子们，尤其是男孩儿有三大任务，即拾柴、捡粪和打猪草。

拾柴一般是在秋末冬初的时节。这时候，地里的庄稼大都收割完了，农村开始进入农闲期。放学回家后，孩子们往往三五成群，肩背拾柴用的筐子，带上耙子或小镐头之类的工具，一边玩耍一边来到庄稼地或树林里将收割后残留的庄稼茎叶或树木的落叶用耙子收拢起来，或者用小镐头将埋在地里的玉米或高粱的根刨出来。每天拾上一些，如果勤奋再加上运气好的话，可以拾上满满的一筐。这样日积月累，到了冬天的时候，每家都会堆起一个小山似的柴火垛。在那个物质极度匮乏，甚至无柴做饭取暖的时代，这些柴火就会成为一家人整个冬天重要的燃料来源。这种拾柴的活儿，对孩子们来说与其说是一种补充家用的工作，毋宁说是一种快乐的游玩。因为小伙伴们可以聚在一起尽情地玩耍，还可以逃避那些枯燥的算术题和家长的训斥。当然，拾柴也不容易，尤其是当田地里没有那么多柴火的时候，为了争夺一个柴火棍儿，有时也需要智慧、速度和勤快。拾柴既让孩子们体验到了生活的快乐，也让他们尝到了劳动的艰辛。

捡粪，就是在路上捡拾牲口的粪便。不要说现在的孩子，就是当时城里的孩子或农村的女孩儿都没有这种体验。它是原始农业活动的一个印记，在现在的生活甚至是词典里已经找不到了。

十来岁的小孩儿，背着粪筐，拿着粪叉，为了捡到几个驴粪球或马粪蛋，会追着马车跑上几里路。在现在看来，这种捡粪活动似乎显得非常滑稽可笑。因为现在很难在路上见到马车，即使有动物的粪便，除非清洁工，也不会有谁在马路上捡拾那些粪便。但是，在那个时代，捡粪对孩子们来说，却是一件意义重大的事情。如果捡拾到一筐头牲口的粪便，那种成就感不亚于现在的孩子们从父母那里得到了一笔额外的零花钱。因为当时化肥限量供应，是紧缺的农用物资，庄稼地的肥料主要是靠农家肥。捡来的牲畜粪便，既可用于自家的自留地，也可以上交生产队以换取工分，还可以作为勤工俭学的成果交给学校，得到学校的表扬。记得有一次寒冬腊月，少年冒着严寒，起大早捡了一筐粪，高高兴兴地交到了学校。但是，他没有想到，这一筐肥料却被负责勤工俭学的老师偷偷运到自家的自留地里“肥私”了。虽然少年没有跟人提起过这件事，但那位老师的行为，直到现在都让他难以忘记。

比起拾柴和捡粪，打猪草的经历是让少年终生难忘的。

清晨，太阳还没有露出头来。一抹霞光像少女脸上的羞红，透过似烟如雾的柳林，露出万般的娇羞妩媚。田地泛着潮湿，散发着泥土的气息，小麦苗已经开始返青了，但空气中依然透着丝丝的寒意。大地静悄悄的。在田埂上，行走着一位少年，他十岁左右的年纪，面颊清瘦，因为好久没有理发了，头发乱蓬蓬的，身上穿着略显肥大的藏青色棉袄，显得身体有些瘦小。少年肩上挎着一只荆条编的背筐，手里拿着一把木柄镰刀。他走走停停，似乎在地上寻找着什么。

他寻找的是野菜。

野菜，如今是餐桌上的珍品，也是健康和时尚的象征，在市场里比一般的蔬菜要贵上好几倍。去饭馆，如果说是野菜，人们就多了几份欣喜和食欲。但是，在那个年代，野菜被叫作“猪食”或“猪草”，是用来喂猪的，除非闹饥荒，人一般是不吃的。此时少年寻觅的野菜，就是用来喂猪的猪草。

当时的农户几乎家家养猪。但是，由于农业生产落后，粮食产量很低，维持人的口粮都很勉强，很难拿出多余的粮食作饲料，于是野菜就成了猪的重要饲料来源。当时的农村孩子大多有过打猪草的经历。

此时惊蛰刚过，田野里除了刚刚泛绿的麦苗和吐芽的柳枝，几乎还没有什么绿色生命。但是，少年天天盼望着，盼望着地里早点长出野菜和小草。今天他想到地里看看，看看野菜和小草是不是已经长出来了，于是才在天蒙蒙亮的时候就起床穿衣，蹑手蹑脚地走出了家门。

少年的家是一个非常普通的农家院落，三间北房，两间东配房。在不大的院子中间有一棵粗大的国槐树，靠邻家的西墙边上有两棵碗口粗的榆树，榆树的下面紧挨着的是一个鸡窝和一个兔子窝。南墙的一面是一个猪圈和一个柴火垛，靠近猪圈的角落处是厕所。南墙的东侧是大门，大门外面是一个狭长的胡同，通着村里的大街。

少年没有走通往村里的大门，他拿好打猪草用的镰刀和筐，穿过正房一侧的墙壁夹道，来到了后院。因为少年的家就坐落在村头，只要出了后院便是田野和麦地了。

后院是少年孩提时代的乐园。不到半亩大的院中长有七八棵枣树、两棵桑树、一棵杜梨树和几棵老榆树。初夏时节要爬上桑树与黄鹂鸟争抢桑葚，秋天总是第一个把那刚刚红圈的枣儿摘下来尝鲜。杜梨虽然酸涩难吃，但在没有任何水果的深秋里也算是对馋嘴的一些慰藉。爬到高高的杜梨树上掏鸟窝险些掉下来的刺激，甚至就连被枣树叶上的毒虫刺痛的感觉，都让少年无比喜欢这个小小的后院。

但是，当他无意间看到那个深深的红薯储藏窖时，一丝悲伤瞬间掠过脸颊。少年饲养了三年的山羊妈妈就是吊死在了这个窖坑里。那是在去年冬天一个周日的下午，少年拾柴回来路过窖坑时，发现山羊妈妈已经吊死了，那可怜的样子惨不忍睹。少年为此痛苦难受了好长时间。他常想要是自己再勤快一些，攒下更多的草料，山羊妈妈也不至于为了吃到盖在窖坑口上的玉米叶子而掉进去；要是自己不把它拴在窖坑边的桑树上，山羊妈妈最多是摔伤，也不至于被勒死。少年想到这些，山羊妈妈那咩咩的叫声和死后的惨象又浮现在脑海里。这是少年人生中遇到的最悲惨的事情了。自此之后，他发誓再也不养羊了。

山羊惨死的一幕还未从少年脑海中消失，他忽然好像想起了什么，又转身走回前院。原来是忘了打开鸡窝的门。晚上关鸡窝门是一件非常重要的任务，如果忘了，那些下蛋的母鸡就可能成为黄鼠狼的美餐。这个任务一般都是由细心的母亲来做。不过开鸡窝门就不那么重要了，一般是谁起得早谁开。周六日大多由休假在家、喜欢早起的父亲承担，其他时间都是母亲。今天不知为什么，早起的少年忽然想起了开鸡窝门的事。他返回前院，拉开了鸡窝门的推拉板，公鸡母鸡鱼贯而出，一边高兴地咯咯叫着一边觅食去了。

刚要转身再次向后院走去的时候，少年的目光又在旁边的兔子窝上停留了片刻。兔子窝锈迹斑斑的铁丝门上爬满了蜘蛛网，透过缝隙看去，窝里空荡荡的，只有一些落满灰尘的干草叶子。看到这些，伤心、气愤、懊悔一齐涌上了少年的心头。

去年春天，邻村的表舅送来了一对灰色的小家兔。母亲说："这两只兔子就归你养了，养大了卖了钱也归你支配。"少年别提当时有多高兴了，急忙约了几个年岁稍大一点的朋友用废旧砖头搭建了这个砖泥木结构的兔子窝。此后，他每天早晨或放学后的第一个任务就是给兔子割草，甚至爬到高高的洋槐树上采摘兔子最爱吃的槐树叶。兔子比猪和羊都馋嘴，它们只吃嫩草和新鲜的槐树叶。在少年的精心喂养下，兔子一天天长大了，到了秋天已经长到了四五斤重。少年心里美美地盘算着：公兔到年底大概能长到六七斤，可以卖好几块钱，这样过年的鞭炮钱就没问题了，还可以买上几本小人书呢；母兔最好能够生几只小兔，卖更多的钱。他心里越想越美，每天有事没事的都要往兔子窝那儿跑几趟。

可是，有一天早上，不幸突然发生了。一大早，兔窝门大开，两只兔子不翼而飞了。

少年断定，兔子是被小偷偷走了。所有的希望和梦想都化为泡影，一时间，感觉整个天空都阴暗了下来。这该死的小偷会是谁呢？少年和家人做过多种假设，但最终还是猜疑。当时的那种悲伤、气愤和懊恼的心情交织在一起，就像肚子里窝着一团火，即使是参加工作后被小偷偷了自行车和钱包，都不曾那么难受过。

少年从回忆中回过神来，心情有些沮丧地再次向后院走去。

穿过后院，出了后门，外面便是麦地了。

这时候，朝霞已经映红了树梢。远处可以看见群山灰黛色的轮廓。在整齐的麦田里，冬小麦正在完成着季节性的生命更新：去年冬天冻死的麦苗，乱蓬蓬地躺在潮湿而松软的土地上，枯黄的叶子正在慢慢腐烂；在枯叶的下面，嫩绿色的新芽悄悄地长出来了，给大地带来了新的生机。或许是时节还早，就连耐寒的荠菜，也见不到半点踪迹。

少年沿着麦陇中的田埂，一边寻觅着野菜，一边向前走着。在麦田的尽头，是一片树林，毛白杨似乎对春天的感觉比较迟钝，依旧像冬天一样，毫无表情地矗立在那里，柳树却对季节的变换非常敏感，枝头已经长出了鹅黄色的嫩芽。在树林的掩映中，是一条弯曲的小河。透过稀疏的树林，看到波光粼粼的小河，少年顿时忘记了所有的沮丧和不快，加快了脚步向小河边走去。

这是一条北方常见的季节性河流。此时的少年还不知道，这条小河就是著名的易水河，两千多年前，就是在这条河畔，曾经上演过“风萧萧兮易水寒，壮士一去兮不复还”的慷慨一幕。如今，物是人非，英雄豪杰已经淹没在了历史的波涛中，只留下一个个传说伴随着河水静静地流淌着。由于上游修建了水库，水流变小了。为了防洪，河的两岸建成了跨度五六百米的人工林带。这里除了生产大队的果园外，还长满了杨树、柳树、槐树和榆树等落叶乔木。一到夏季的丰水期，水面增宽，河水甚至侵入林地中，河边的草地和低矮的树丛都会淹没在河水中。宽阔的河床就变成了湿地，各种水生植物纷纷生长起来，如荻子、芦苇和水草，密密麻麻，郁郁葱葱。在湿地和灌木丛中，不但有野兔和水鸟等小动物，有时还有蛇和狐狸出没。游泳、捕鱼、打游击、捉迷藏，夏日的小河是少年和小伙伴们的天堂。

而现在，早春的小河正是枯水期。河面只剩下几米宽，一股清水潺潺流过，河水清澈见底，偶尔还可以看到几尾小鱼在水底慢慢地游动着。看到河水和水中的小鱼，少年不禁心里发痒，要不是河水冰凉，他真想跳到水中，摸摸虾抓抓小鱼。他盼望着夏天快快到来，那时不但可以戏水抓鱼，还可以在洪水下来的时候，借着洪水的力量从上游漂泊到几里以外的下游，那是一种完全来自大自然的欢乐和刺激，远远超过了如今的游乐场和过山车。

站在小河边，看着河水咕咕东流，许多情景涌上少年的脑海，也让他想起了一起在河边玩耍的小伙伴：阿斗、来子、喜子、春明……一想到他们，少年的心情忽然又沉重起来，一种孤独委屈的感觉突然袭上心头。因为半年前，这些小伙伴都和自己绝交了，没有人再和自己一起玩儿了。少年下意识地向四周望了望，他从心里盼望小伙伴们出现，哪怕一个也好。但是，少年并没有后悔，他并不想向他们低头认错。

半年多来，少年一直在与孤独搏斗着。

除了家人和大人们，在小伙伴和同学中，他已经没有玩伴了，就连最要好的几个伙伴也都疏远了自己。在学校，同学们都叫他“叛徒王连举”或“汉奸温其九”。身上背负着这样的骂名，他只能一个人上下学，一个人去拾柴、捡粪和打猪草。虽然仅仅只有半年的时间，但他似乎遍尝了与年龄不相符的孤独和寂寞。但是，尽管如此，少年依然坚信自己没有错，他宁愿忍受人们的嘲笑和辱骂。

站在小河边，去年夏天的那一幕又重现在眼前。

当时，还没有进入盛夏。地里的麦穗已经颗粒饱满，早熟地块的麦穗已经泛出了淡淡的浅黄色。路边的杨树叶子在晨风中哗啦啦地响着。凉爽的空气中弥漫着各种初夏植物所散发出的独特的季节芳香。

临近小满时节，天亮得更早了。农民们依旧是日出而作日落而息，而大锅饭式的生产方式让原本勤快的农民也变得懒惰和奸猾起来。他们或许是为了弥补晚上睡眠的不足，还没等到盛夏的到来就已经开始了夏天午睡的生活模式。每当这时候，反倒是孩子们比大人们起得早。但他们早起并不是为了学习或去学校，而是要给自家饲养的猪羊挖野菜或打猪草。此外，还有一个不为大人们所知的理由，他们可以利用早晨的时间聚集起来，尽情地玩耍。尤其到了周六日，不必急着回家和上学，可以在外面玩儿到八九点，只要筐里有些野菜或猪草，家长们也不会过分责备。

那是一个星期日的早晨。天刚蒙蒙亮，家人还在熟睡当中，少年悄悄走出屋子，拿上镰刀和筐，顺便将弹弓装进了衣兜，然后匆匆地来到了村外。这时候，五六个小伙伴也陆续到齐了。虽然大家脸上还带着些困意，但眼神中都显得有些紧张和兴奋。带头的阿斗清点完人数，然后说了一声“走”，于是几个人悄无声息地向着小河的方向出发了。

湛蓝的天空飘浮着几朵洁白的云；几只早起觅食的麻雀时而飞翔时而停在枝头，好像叽叽喳喳地相互交流着什么；东边的晨曦透过树木的缝隙，将红色的光束温柔地倾泻在整齐的麦田上。麦田的淡绿、柳树的浅黄、朝霞的橘红，三种颜色在清晨的微风中相互交织在一起，构成了一幅美丽的初夏田园画，又像是一曲优美的初夏交响乐。几名背筐拿镰的男孩儿行走在麦田中，齐腰高的麦苗遮住了他们的半个身子。远远望去，他们像是在田野中急行军的一个小小武工队。走在队伍最后面的，也是个儿最矮的，就是那个头发蓬乱、脸庞消瘦的少年。

穿过宽阔的麦田，绕过扎着刺槐篱笆墙的果园，他们来到了茂密的丛林腹地。树林里有些发暗，也很安静，几束透过枝叶的天光和偶尔的一两声鸟鸣给这清晨的丛林增添了几分生机。在距离河水不远的地方，孩子头阿斗一声令下，大家停住了脚步。透过树木的缝隙向北望去，依稀可见河岸的影子。他们到达树林后，没有像往常一样寻觅野菜和猪草，而是放下镰刀和筐子，折下一些杨柳的树枝，就像电影中打仗的士兵一样，各自编了一个隐蔽用的枝条帽子戴在头上，然后弯着腰小心翼翼地向河岸边靠了过去。

原来，孩子们的心中隐藏着一个预谋。

在华北的某些农村，不知从什么时候开始，流传着邻村之间的孩子们打仗的习惯。这或许是古人为了争夺水源、田地或林木等生活资源而进行争端或战斗的一种传统，也有可能是受电影或戏剧中战斗场面的影响，或者根本就没有什么原因，只是人类好斗的劣根性使然，要不然又何必为了一把猪草和一根柴火棍去耗费大量时间，打得头破血流呢。少年想不通，实际上也没有去思考事情的对错——只是盲从。小伙伴们在学校，甚至在课堂上就策划着和邻村孩子们打仗的事。自春天开始大规模的战斗已经有过几次了，但大多都是隔着河水对骂或者挑战，然后相互投掷石块或用弹弓互射，也没有造成过大的伤亡。但是，今天有些不同，他们事先已经制定好了一个偷袭的作战计划。

经过前几天的侦查，他们已经摸清楚邻村孩子们出没的时间、地点和人数。于是他们想采取迂回包抄、突然袭击的办法，争取短时间内结束战斗，以最小的代价赢得最大的战果。今天早晨，他们就是要实施这一计划。几个人悄悄地摸到河岸边，仔细观察和耐心等待着。不一会儿，他们发现河对面的树丛中有人影闪动，阿斗一个手势，五六个人兵分两路，迂回包抄了过去。

树林中依旧静悄悄的，耳边只能听到轻轻的流水声。小伙伴们卷起裤腿，偷偷地涉水过河了。

正值枯水期，河水窄的地方只有几米宽，宽的地方也只有十到二十米。他们选择只能没膝深的浅滩渡过河，向“敌人”包抄了过去。眼看一个完美的奇袭战术就要实现了，可就在这时候，他们的行动被对方发现了。“有人来了，快跑！”只见两个与他们岁数相仿的背着筐的小男孩儿一边喊着，一边仓皇地往对岸树林中跑去。“快追！别让他们跑了！”这边的几个人一看到手的胜利就要不翼而飞，也不再隐蔽，仗着人多，一边喊叫一边呼啦一下子追了上去。追了几百米左右，发现“敌人”已经跑远，又怕中了对方的埋伏，于是大家停住了脚步。“撤！”阿斗向大家下达了撤退的命令。虽然没有取得预定的胜利，但能把“敌人”追跑也算是成功，大家这样议论着，都有些得意。不过，也有人埋怨同伴过河不小心弄出了声响，还有人埋怨同伴跑得太慢。正当大家七嘴八舌互相埋怨的时候，忽然从不远处传来了一个小女孩儿的哭喊声：“哥哥——哥哥——”

大家听到这突如其来的哭叫声，一下子安静下来，不约而同地向哭声传来的方向望去，但在树丛的遮挡下什么也看不到。不知谁说了一句“走，看看去”，于是几个人小心地穿过一片杨树林，向哭声传来的方向走去。过了树林，大家终于发现在离河岸不远的一片草地上，站着一个小女孩儿。她左臂跨着一只小竹篮，右手提着一把铁柄的小镰刀，看上去也就五六岁。再往她身上仔细一打量，见这个小女孩儿上身穿一件红底白色碎花的衬衫，下身是蓝色裤子，膝盖上各打着一块巴掌大的补丁，裤脚和方口布鞋都被草地上的露水打湿了，头上两条马尾小辫儿，齐眉的刘海儿下一双泪汪汪的大眼睛充满了恐惧和惊慌。

一伙人将小女孩儿围了起来，为首的阿斗严厉地问道：

“别哭了！你叫什么？”

小姑娘止住哭声，用惊恐而又颤抖的声音回答道：

“樱子。”

“刚才逃跑的是谁？”

“我哥哥海子，还有铁蛋。”

海子这个名字大家都很熟悉，是“敌人”的头儿，而且是一个打仗非常厉害的家伙，在以前的战斗中就有人吃过他的亏。听到小女孩儿说自己是海子的妹妹，阿斗似乎从战斗失利的阴影中看到了一丝光明，他脸上露出了一些狡黠的得意之色。

阿斗把大家聚拢到一块儿，低声说道：

“咱们把她当人质，叫海子来赎人！”

大家对阿斗的主意都很佩服。阿斗满脸得意之色，随后开始下达命令：

“喜子！你去告诉海子，他的妹妹已经成了我们的俘虏，他只要答应两个条件就放人，一是投降认输，二是没收他的镰刀、筐和猪草。”

喜子把脖子一扭，倔强地说：

“我不去，他们要是把我当人质怎么办？”

“两国交兵，不斩来使。”阿斗的小眼睛一瞪，严肃地说。

“那你去！”喜子将了阿斗一军。

“我是指挥，不能去。”阿斗辩解着，眼珠一转接着又说：

“那好，咱们一块儿去！”

阿斗决定带领大家一起去找海子谈判。可是，当他看到仍在一旁低声抽泣的樱子，慢慢将目光转向少年，说：

“你负责看守俘虏，等我们回来。”

少年听说让自己看守俘虏，心里很不高兴，拒绝道：

“不，我不看俘虏，我也要去！”

“服从命令！你最小，你不是神弹手吗？你最合适。”

听阿斗夸自己是神弹手，少年瞬时得意起来。的确，他的弹弓准度在伙伴中是谁也比不了的，每次打仗，他的弹弓都令敌人畏惧。而且去年一次弹弓比赛，差点儿把邻居王奶奶家正在下蛋的老母鸡打死，为此挨了王奶奶好一顿骂呢。有自己的弹弓怕什么，万一敌人来偷袭，正好发挥自己弹弓的威力。想到这些，少年点头接受了任务。

“你去，先把她的镰刀和篮子没收了。”阿斗命令少年道。

少年不情愿地走过去，伸手想夺樱子手上的竹篮，可她紧紧抓住不肯放手，少年无奈又退了回来。看到这情景，阿斗冲上前去，一把将樱子推倒在地，夺了竹篮和镰刀。樱子吓得大哭起来，竹篮里的野菜和猪草洒了一地。

阿斗他们几个去谈判了。树林里只剩下了少年和樱子。

樱子从地上爬起来，只顾低头抽泣着。少年没有看樱子，他从口袋里取出弹弓，对着周围的树枝，或许是为了自己壮胆，或许是为了打发时间，有意无意地空拉着弹弓的皮筋。

这时候，太阳渐渐升高了。阳光透过枝叶在草地上洒下斑驳的亮点。不远处，小河水依旧静静地流淌着，周围静谧而安详。

“哥哥——哥哥——”

忽然，少年耳边传来了樱子带着哭腔的呼叫声，少年以为是海子来救自己的妹妹了，他吃惊地转头四下张望，并摆好了发射弹弓的架势。

可是周围并没有其他的人，定睛一瞧，樱子满眼恐惧和哀怜，白皙的小脸蛋儿上挂着两道晶莹的泪珠：

“哥哥，我要回家，放我回家！”

原来她是对着自己哀求呢。

看着樱子可怜的样子，少年有些为难了。要是放跑了樱子，别说阿斗他们饶不了自己，就是自己也没法向伙伴们交代啊。可是，再看一眼樱子那含着泪水的大眼睛，他忽然想起了自己的妹妹，心里更加怜悯了。“她又没打仗，她有什么错呢？为什么要让一个小女孩儿做人质呢？”少年心里反复盘算着，犹豫不决。

“哥哥，我要回家！我要找妈妈！”樱子又在哀求着。

“你走吧，从东边绕着走！”少年突然下定了决心，他故意把身子扭过去，把石头子放进弹弓的弹夹，对着远处的一个树枝狠狠地射了出去。

樱子拿起自己的镰刀和竹篮，跌跌撞撞地消失在了树丛深处。

过了一会儿，樱子走远了，树林中又恢复了平静。此时的少年感到了从未有过的一种轻松和释然。正在这时候，阿斗他们回来了。

见精心策划的一场战斗毫无成果，大家本来都很不高兴，而此时又发现少年把人质放走了，于是把所有的怨气劈头盖脸地撒向少年。大家责备一番之后，阿斗做了一个决断：“你就是个叛徒、内奸，我们要清理队伍，以后再也别跟我们玩儿了！”

就连平时最要好的喜子也发狠地说道：“绝交！”

自此以后，这个消息不胫而走，“叛徒、内奸”成了贴在少年脸上的一个标签。高年级的学生甚至调侃他重色轻友，可重色轻友的意思连少年自己也不明白。半年多来，无论是在学校还是在外面，没有同学和同伴跟少年说话，更没有人跟他玩儿。以前的好朋友，一见到自己都远远躲开了。夏天，一个人打猪草或在河里戏水；秋天，一个人拾柴；冬天，一个人捡粪。少年一个人默默地承受着孤独，忍受着委屈。这种经历以致成为他性格中的一部分，在以后的人生历程中，无论他有什么样的委屈都不愿意与人诉说。青春期的愁苦、成年后的磨难，他可以一个人流泪，一个人借酒浇愁，一个人数星星，一个人看月亮，与孤独为伴。

冬天过去了，眼看快到春分了。今天一大早，少年独自走过麦田，穿过树林，又来到了小河边。河水清澈，缓缓东流，岸上柳色如烟。

他想起那些小伙伴，想和他们一起玩耍，但又不愿低头认错，他也始终觉得自己没有错。他又想起那个叫樱子的小女孩儿，就在去年冬天，他们还偶然遇到过一次。

那是去年的腊月十九。

少年翻遍家里的犄角旮旯，将所有能卖钱的破烂如破旧凉鞋、猪骨头、猪毛全部收集起来，装了满满的一筐头。他要把这些东西背到十里地以外的县城废品收购站，换一些零钱准备买过年用的鞭炮。可是，河对面的村庄是通往县城的必由之路。因为每年春夏之际双方的孩子们都要“开兵见仗”，为了不被对面村子的“敌人”发现和抓到，除非有大人陪伴，孩子们都要绕村而过。虽然这样多花了时间，路也不好走，但相对比较安全。今天，只有少年一个人，他不敢冒险。在临近村口的时候，他准备绕道而行。可是，就在这时候，村口出现了三四个年纪相仿的男孩儿，没等他来得及跑，几个人一下子将他围拢起来。为首的一个大声说：“留下筐和东西，就放你过去！”

面对这突如其来的变故，少年有些惊慌和胆怯。但他知道，遇到“敌人”了，哀求是没有用的。可是，如果东西被他们抢走了，鞭炮、小人书等一年的盼头岂不全都泡了汤，拼死也要保护自己这些宝贵的财产。想到这些，他鼓起勇气，使出全身的力气从嘴里挤出两个字：“不行！”随后，他把筐和货物放下，从棉衣的口袋里掏出弹弓和石子，瞄准了为首的孩子头儿。对方见这架势，有两个人也掏出了弹弓，其中一个还掏出了用自行车废旧链条制作的火柴手枪。少年知道，这种手枪虽然威力不大，但在两三米的距离内也可以给对手的面部或眼睛造成伤害。如果打起来，自己肯定是寡不敌众，但是他实在无法交出自己筐里的这些“宝贝”，而且他也不想让小伙伴们说自己很怂，于是他下定决心准备一拼，同时也希望有本村的大人经过能为自己解围。双方剑拔弩张，眼看一场对少年十分不利的战斗就要开始。

“哥哥——哥哥——”

正当双方剑拔弩张，争斗一触即发的时候，忽然一个似曾相识的声音传到了少年的耳朵里。大家几乎同时向声音传来的方向望去，只见一个小女孩儿从村口跑了过来。少年转眼一看，这不是今年夏天自己放走的那个小女孩儿樱子吗！红底白色小碎花的棉袄，蓝色棉裤，蓝色布棉鞋，脖子上系着一条粉红色的围巾，依旧是马尾辫，齐眉的刘海儿下一双清澈的大眼睛，白皙的小脸蛋儿上带着焦急的表情。她径直跑到为首的孩子头儿身边，一把扯住他的袖子，

“哥哥，是他上次放了我，他是个好人！”

少年知道了，为首的孩子头儿就是经常和自己一伙打仗的海子。海子听了妹妹的话，犹豫了片刻，然后命令周围的伙伴们收起弹弓和自制武器，对着少年喊了一句：“你走吧！”随即让开了路。

少年也收起弹弓，匆忙穿过村庄，向县城方向走去。刚走两步，他突然停住脚步，回头望去，发现樱子正微笑着目送着自己。樱子的脸上没有了树林中的那种惊恐和可怜，眼睛里充满了纯真无邪。微笑的小脸蛋和明澈的大眼睛显得格外安详和美丽。少年本来是想说声谢谢的，可到嘴边的话怎么也说不出口，他脸色羞红，转过身又小跑着赶路了。

太阳升上了树梢。火红的阳光洒满了丛林和山川。在微风吹拂下，清凉的水面泛起红色钻石般的粼光，像少女迷人的微笑。偶尔响起的一两声鸟鸣在寂静的丛林中轻轻回荡，像天籁之音一般婉转悠扬。顺着河水向远方望去，青色的山峰沐浴着一片橘红，像羞涩的青春面庞。

站在这熟悉的河岸，看着这美丽的山川丛林，樱子那纯真的目光和甜美的微笑又浮现在少年的脑海。“他是个好人！”“他是个好人！”真切而深情的话语一遍遍回荡在少年的耳畔。此

刻，山羊的惨死、兔子的被盗、伙伴的绝交，半年多来的不快一下子全都烟消云散了。

河柳随风飘，
婀娜比花娇。
采下作玉笛，
吹我童年谣。

少年轻轻折下一段柳枝，用手指轻轻扭动，做成了一只柳笛。没有音调，没有节奏，只有单调的“呜呜”声。

少年喜欢这声音。这声音虽然单调，但却质朴、纯真，它是春天的声音，是人和自然交流的原声。

在这一声声执着的笛声中，少年实现了和春天的约会。

快乐的风

小火车像一条褐色的爬虫，在田野中快速蠕动着。车头的烟囱像鲸鱼的鼻孔一样，突突地喷着浓烟。

春香坐在靠近车窗的木椅上，静静地眺望着窗外。房屋、树木、路上的行人和马车都随着火车的前进，不停地向后方退去；远处的山峦也在视野的尽头形成了一条蜿蜒的曲线。微风吹进车窗，撩起春香的几缕刘海儿，两道细长的弯眉下，一双大眼睛眯成一条缝隙，只有长长的睫毛在微风中摆动着。虽然在这里仅仅生活了两年，如今就要离开了，春香的心里还是有些失落和伤感。她想起了妈妈、奶奶、学校和少年。

副食店的李阿姨正在把店门口卖剩下的蔬菜往屋里搬弄；透过窗玻璃，看到理发店的赵大爷正在给一个顾客剃着头；一缕阳光从对面的小楼顶端斜洒下来，照在王奶奶家窗前的海棠花上，海棠花显得格外鲜艳。

放学后，春香像往常一样，沿着这条熟悉的小巷往家走去。一进家门，她刚要喊妈妈的时候，忽然发现家里有些异样。床上放着大大小小的几个包袱，地上放着两个很大的皮箱，妈妈正在忙着收拾行李。更为奇怪的是，一般很晚才下班回家的爸爸也在家里，正愁容满面地坐在椅子上抽烟。春香顾不得放下书包，便跑过去问道："妈妈，你这是干什么呢？"

"回奶奶家，明天就走！"

对奶奶家，春香并不陌生，自从记事儿开始，每年寒暑假儿乎都要去住上几天。

“这次去了，就不回来了！”妈妈脸上带着些许的无奈。

春香没有理解妈妈的意思，她不知道妈妈说的回来与不回来有什么不同，也不知道为什么去了就不回来了。

妈妈、姐姐和哥哥已经坐火车先走了。因为担心路上卡车出故障，又担心司机迷路，于是爸爸决定随运送行李的卡车同行。拗不过春香的央求，爸爸只好将最小的，也是他最宠爱的小女儿春香带在身边，好在卡车的副驾驶席比较大，并不太拥挤。

卡车驶出城区来到田野，爸爸脸上的愁云渐渐散去，开始对经过的村镇、河流指指点点，给春香和司机讲上一些历史典故或笑话。春香坐在爸爸的大腿上，依偎着爸爸宽大的胸膛，感到格外温暖和幸福，她甚至回忆起上小学前骑在爸爸的脖子上赶庙会的情景。她不停地问这问那，不但对第一次乘卡车出行充满好奇，而且对所有的事物都感觉新鲜。爸爸好像一点儿也没有感到厌烦，父女俩一路上说说笑笑，竟然忘记了大半天的颠簸之苦。虽然很多地名记不清了，但霸州、容城、高碑店等几个大的地名和大清河的名字还在春香的印象当中。当红彤彤的落日即将隐没到树梢后面的时候，卡车驶离了柏油路，来到了一条小河前。

“过了河就到奶奶家了！”爸爸说。

从爸爸的话语和眼神中，透露出了少有的兴奋。春香的脑海里浮现出来的是刚煮好的鲜香的花生和刚刚烤熟的香甜的红薯。

隐没在树林深处的小河正处于枯水期，除了坑洼的地方存有积水外，河床上裸露的是沙石和淤泥。为了赶在天黑前到家，爸爸和司机决定不去绕行十几里以外的大桥，而是选择了这条马车行走的近道。卡车在树林掩映的小路上颠簸着，爸爸也在兴致勃勃地讲述着小时候在这条小河里游泳和摸鱼的趣事。忽然，卡车停住了。原来，卡车的两只后车轮陷进了河心的泥潭里，任凭司机使劲地踩油门，发动机声嘶力竭地吼叫，车轮也只能在泥潭里空打转。三个人下了车，爸爸和司机查看了一下车轮，又向四周看看，周围没有一个人影。这时，日头已然没入树梢，司机叔叔急得满头大汗，爸爸沮丧地用拳头捶打着车身，嘴里叹息着：

“真倒霉！”

正在三个人一筹莫展的时候，忽然从河流的上游跑过来四五个男孩儿。他们看上去和春香差不多的年纪，有的高卷着裤腿，有的穿着短裤，上半身或是光着膀子或是穿着背心，脚上、胳膊上、脸上都沾满了青色的泥巴，每个人肩上都扛着一把铁锹。虽然春香不明白，但爸爸一眼就看出，这帮小家伙是在河泥中翻挖泥鳅的。看到他们，春香爸爸脸上掠过一丝喜色。

卡车，对于这几个男孩儿来说只是在电影中见过。他们跑过来是想亲眼见识一下真正的卡车是什么样。可是当他们看到卡车陷到泥潭中出不来的时候，竟产生了一些鄙夷。

“还不如咱小队的大马车呢！” 为首的光头说道。

“是啊，咱队的大马车，只要一鞭子，一下子就上来了！” 其中一个孩子随声附和道。

“咱帮帮他们吧！” 站在后面的一个头发有些蓬乱的小个子男孩儿小声地说了一句。

听到小男孩儿这样说，大家不再议论，开始一起想怎么帮忙。靠几个人的力量推肯定是不行的。别说车身这么重，就连下手推车的地方都没有。

“叔叔，可以用树枝和石头垫在车轮下。”最小的男孩子说。

“对啊！我怎么没想到！孩子们，你们把铁锹借给我们，然后找些树枝和石头来。”听小男孩儿这么一说，春香爸爸恍然大悟，急忙对孩子们说。

孩子们分头去找树枝和石头了。春香爸爸和司机则分别将两个后车轮前面的淤泥和沙子清开，然后将大家找来的树枝和捡来的石子铺上。一切准备就绪，大家闪在一旁，司机上了车。大家屏住呼吸，一动不动，看看卡车能否从泥潭里冲出来。春香也紧紧靠在爸爸的身边。司机猛轰油门，顷刻间，卡车发出了野牛般的嚎叫，经过几秒钟的挣扎，一下子冲出了泥潭。春香、男孩们都欢呼着蹦了起来，爸爸和司机也笑逐颜开。

孩子们好像做了一件非常成功的大事，每个人脸上都洋溢自豪的表情。春香爸爸满怀感激之情：“孩子们，谢谢你们啦！你们就是前边这个村的吧。我们也住那儿，回去到我家玩儿吧！”说完，爸爸准备跟孩子们告别。春香看爸爸要上车，急忙说：“爸爸！等等。”她一边说一边跑到男孩子们的身边，从胸前妈妈缝制的小布包包里掏出几块奶糖，一一给男孩们分发。对于这突如其来的褒奖，男孩们没有想到。虽然这大块的奶糖对于一年都难得吃上一次的他们充满了诱惑，他们还是显出了孩子们的那种质朴和羞怯，本能地摇头拒绝。不过，当每个人看到春香那真挚的眼神和诚恳的态度，又不由得把手伸了出去。可是，当糖块发到那个最矮小的男孩儿的时候，包里却空了。

春香急忙把手伸进包里又摸了一遍，包的确空了。顿时，一阵绯红迅速爬上她的脸颊，她好像自己做错了事似的，怔在那里不能说话。小男孩儿也有些不好意思，看着春香羞红的脸，只是站在那里傻笑着。

“等一等！”

春香好像忽然想起了什么，她转身跑向卡车，爬上驾驶室。副驾驶座的旁边放着一个帆布旅行包，春香拉开拉链，从里面取出一只木制的玩具狗。玩具狗制作得很精巧，身上涂着粉色的漆，脖子上装着活动轴，只要一动玩具狗的身体，它的头、眼睛和舌头都会摇摆，十分可爱。这只玩具狗是过年的时候爸爸特意给春香买的，也是春香最喜欢的玩具。春香两手抱着玩具狗，犹豫了一下，然后轻轻地在狗的额头上亲了亲，就从车上跳了下来。当她跳下车的时候，发现刚才的那几个男孩子已经走远了。

本来，春香乍一看到这些手脚上沾满泥巴，穿得脏兮兮的男孩们的时候，心里是有些鄙视的。可是，他们帮助卡车脱困的举动和质朴的语言，让春香感到在他们身上有某种和城里的男孩子不一样的东西。为了表示谢意，春香拿出了平时连自己都舍不得吃的奶糖，而那个唯一没有得到糖块的最小的男孩儿又让春香觉得过意不去，于是她下决心把自己心爱的玩具狗送给他。可是，一转眼，男孩们已经走了。春香一边挥舞着手中的玩具狗，一边向走在最后面的那个小男孩儿大声呼喊：“等等，给你这个——”

小男孩儿听见了春香的喊声，回过头冲着春香微笑着挥了挥手，然后跟着同伴们一起消失在了丛林中。这时，太阳已经完全隐没在了丛林的后面，只剩下几缕血红的晚霞，燃烧着树梢上的天空。空旷的河道上，春香、爸爸、司机目送着那些消失的孩子们的背影，周围一片寂静。

春香的整个身体都感觉像泡在热水中一样热乎乎的，尤其是后背，就像烤着小火炉一样，甚至有些微微发烫。春香感觉很舒服，她意识到自己醒了，但身体却不愿意动，眼睛也不想睁开，仿佛是在半梦半醒中，懒洋洋的，享受着清晨温暖被窝里的快乐时光。过了几分钟，春香的意识才彻底从半睡的状态中清醒过来。她睁开眼睛，首先看到的是房顶，但不是她所熟悉的城里那种平整的水泥白灰顶，而是由房柁、房梁、木椽和荻笆交叉组成的一个木质房顶。最粗的横亘在两个墙壁之间的是房柁；搭在房柁和一面墙壁上的是比房柁略细一些的房梁；房梁之间是胳膊粗细的均匀排列的是木椽；木椽的上面则是芦荻编制的荻笆。因为年深日久，木头和荻笆都变成了黄褐色，但给人的感觉却是一种温暖和柔和。春香静静地盯着房顶看了一会儿，才意识到自己正躺在奶奶家的大炕上。

春香再扭头向光线明亮的一侧望去，纸糊的窗子的最下面镶嵌着一块不大的玻璃，透过玻璃可以看到窗外摇曳的树叶。窗纸上对称地贴着两只红色的剪纸蝎子。春香开始不明白为什么要在窗纸上贴两只蝎子，昨晚曾经问过奶奶，奶奶说这些剪纸是她自己做的，据说惊蛰以后，毒虫就复活了，专咬小孩儿，贴上剪纸可以驱虫辟邪，要不然会被蝎蛰虫咬。听了这些，春香心里有些害怕了，但不一会儿就进入了梦乡。

奶奶家的大土炕，可以睡五六个人，而此时只剩下春香一个人孤零零躺在炕头上，其他的被褥都整齐地叠好摞在炕角上。春香翻身一看，紧连着土炕的灶台热气腾腾的，头发花白、有些驼背的奶奶正在忙着烧火做饭。春香似乎闻到了饭菜的香味，她感觉肚子有些饿了。

“香香，醒啦！”

奶奶一边往灶膛里添着柴，一边笑眯眯地说。

“奶奶早！”

春香有些害羞，急忙钻出被窝，穿好衣服爬了起来。

春香下了炕，看见姐姐秋香正在对着一个带有梳妆盒的镜子聚精会神地梳头。姐姐已经是高中生，长得浓眉大眼，正值花样年华，浑身洋溢着青春的活力和气息，一条蓝色裤子和绿色开领上衣紧紧包裹着那富有少女张力的身体，尤其是那条又黑又粗的大辫子让春香艳羡不已。姐姐嗓子也好，在学校是文艺骨干，在春香眼里，简直活脱脱就是《红灯记》中李铁梅的形象。看看姐姐那优美的背影和长长的辫子，春香禁不住摸了摸自己的马尾辫，心中也掠过一丝美好的遐想。姐姐好像从镜子中看到了春香，头也没回，只是半开玩笑地说了一句：

“小懒虫，起来啦！”

姐姐一向喜欢逗这个小自己十几岁的妹妹。春香对着姐姐的背影吐了一下舌头，然后好奇地凑到了正在烧火做饭的奶奶跟前。灶膛里跳动着红色的火苗，铁锅里的水已经烧开，奶奶右手拿着“半升”将玉米糁子一点一点均匀地往锅里撒，左手握着勺子在锅里不停地搅拌。看着奶奶娴熟的动作和被热气缭绕着爬满褶皱的面庞，春香感觉又新奇又好玩，心里也有一种尝试的冲动。奶奶花白的头发整齐干净地在脑后挽成一个圆圆的小纂儿，上面插着一根银色的簪子，灰色对襟小褂儿，藏青色裤子打着裹腿，尤其是那一双穿着黑色纳底布鞋的小脚，就像两只大号的粽子，春香每次看到都感到格外奇怪。她曾经问过奶奶，但奶奶也说不清，只是记得从几岁的时候就开始用布将脚紧紧地裹起来，而且很疼，就这样一直裹着，等长大了也就成了这样。

“这叫三寸金莲。”

奶奶说完总是羞怯地呵呵笑起来，就像少女一样。

“你爷爷就是看上了我的小脚才娶了我。”

奶奶一边说着，一边冲着春香羞涩地一笑。

“奶奶，我们怎么不裹脚了呢？”春香继续问道。

“现在解放了，不用了！”

奶奶微笑着说。

春香看着奶奶的那双小脚想上去摸一把，于是她蹲下身，一边装作去拉风箱，一边轻轻地触摸了一下。奶奶的小脚硬邦邦的，和其他人的没什么区别，春香开始认真地拉起了风箱，“呼啦——呼啦——”灶膛里的火苗跳起了欢快的舞蹈。

奶奶好像什么也没有意识到，熟练地用勺子搅拌着锅里的玉米粥，并稍微撒上了一点儿碱面儿。不一会儿，玉米粥的鲜香味儿伴随着蒸气弥漫着整个屋子。春香感觉肚子更饿了。

“好了，香儿，不用烧了。”

奶奶说完，盖好锅。她好像猜透了春香的心思，从食橱里拿出一块烙好的白面饼，在上面抹好甜面酱，再放上几根鲜嫩的小葱，卷成一个筒状，悄悄地递到春香的手上，笑着说：

“吃吧！香儿。”

春香吃过春卷和锅贴之类的带卷食物，可像这种烙饼卷小葱还是第一次吃。她两只手像吹喇叭似的将饼卷拿住，然后送到嘴里轻轻地咬了一口。当葱的清脆微辣、面酱的咸香、大饼的咬劲儿结合在一起，生的熟的香的咸的脆的甜的混合起来，突然刺激春香的嗅觉、味觉、听觉等各种感觉器官的时候，那种对牙齿、舌头、口腔、喉咙和胃形成的快感甚至超过了一切美好的享受，春香竟像男孩们那样大口咀嚼起来。看着春香的吃相，奶奶只顾在一旁眯着眼睛笑。

春香吃完奶奶特制的早餐，准备去厢房找爸妈。她来到院子里，看到太阳已经升到了梧桐树顶，爸爸和哥哥已经跟着爷爷去自留地干活了，只有妈妈一个人在院子的井台边洗着衣服。辘轳上的井绳湿漉漉的，井台边上放着一个大水缸和两只铁桶。妈妈坐在一只小木凳上，用搓衣板使劲地搓洗着木盆中的衣服。虽然已是春天，但早晚的空气还有些清冷，刚从井中打上来的水还有些冰凉，妈妈的双手被水浸得通红。一只老母鸡带着几只小雏鸡在井边觅食，几只麻雀在梧桐树上叽叽喳喳。春香看着妈妈通红的手，看着妈妈被齐耳长的短发掩着的那张略显疲惫和消瘦的脸，忽然感觉最近妈妈脸上好像一直没有笑容，而且眼神中透出些许的忧郁。此时的春香仍然不明白他们一家人为什么来到农村，更不理解此时父母的心情，只是偶尔会听到妈妈的咳嗽声和爸爸无奈的叹息声。她隐隐约约从别人嘴里听到自己一家人从城里来到农村好像是跟“文化大革命”和做厂长的父亲有关。

春香来到妈妈身边，蹲下身，静静地守候在旁边，看着妈妈一把一把地搓着衣服。木盆中不时地飘起一两个肥皂泡，在清晨的阳光中闪烁着多彩的光芒。

回到老家的第二天，刚吃过早饭，爷爷就带着春香来到了学校。学校离奶奶家很近，不过二三百米，穿过一个大门洞，便是由教室和办公室围起来的一个小学校。院子中间有一个水泥预制板做的乒乓球台，球台的四条腿是青砖垒砌的，就连球网都是摆放着的一排青砖。靠近学校办公室的门口有一棵高大的洋槐树，树上挂着一个不大的铁铸的吊钟，里面的钟绳直直地垂在树干的旁边。教室的门窗上很多地方的漆面已经脱落，露出了斑驳的木色。有的窗户玻璃没有了，就用破旧的塑料布挡上了。这一切都跟春香城里的学校不一样，让春香感到新奇。再看那些比自己或高或矮的同学们，让春香感到仿佛来到了另一个世界，他们的穿戴似乎许多都是哥哥姐姐或是爸爸妈妈的淘汰品，补丁摞着补丁。女孩们大多梳着小辫儿或留着短发，唯一的装饰便是辫梢的红头绳。男孩们不是光头就是蓬头垢面，有的看上去半年没洗脸，鼻涕一直挂在嘴唇上。反过来，穿着整洁，长着一双忧郁大眼睛的城里小姑娘春香格外引人瞩目。

春香爷爷跟班主任老师寒暄了几句就赶忙去生产队干活了。当爷爷微微驼起的背和搭在肩上的那只磨得光光的牛皮烟荷包消失在学校门洞外面的时候，春香感到了孤独无助，好在班主任老师非常和蔼，让她稍微缓和了一点儿紧张的心情。

上课的预备钟声响了，院子里的学生们都急忙跑进教室，春香也随着班主任走了进去。她被安排在第一排靠近窗子的位置，同桌是一个留着齐耳短发的女生。

“起立！”

“坐下！”

大家说的都是家乡话，春香乍一听觉得既陌生又好玩儿。而春香带有天津味儿的自我介绍更是引起了全班的一阵哄笑。

“小挎子。”有人议论着。

“安静！开始上课！”

老师制止了大家的哄笑，并要求开始背诵乘法口诀。被指名的春香一口气流利地背了下来，虽然仍然带有天津口音，但大家没有再嘲笑。后排的两个小男孩儿因为没有背过被叫到教室的前面罚站了。他们低着头，感到在全班同学，尤其是在这个外来的小姑娘面前丢了颜面，露出了尴尬而顽皮的微笑。

春香的农村学校生活就这样开始了。除了这里老师和同学们的口音以外，上课的方式和原来的学校大体是一样的。只是春香的铅笔盒引起了同学们的广泛兴趣。这是一个带有塑料包皮的粉色铅笔盒，铅笔盒的开关是磁铁的，只要轻轻一碰，靠着磁力就自动关紧。铅笔盒里面的东西在农村供销社也是买不到的，除了带橡皮的铅笔，还有透明的塑料尺子，尤其是那个转笔刀，让同学们艳羡不已。邻桌的几个同学伸着脖子使劲地看，就像看到别人吃肉一样眼馋。同桌的短发女孩儿第一个借用了这个转笔刀，然后全班的女生也都来借。春香没有拒绝，她也不好拒绝。由于使用频率过高，不到一天的工夫，转笔刀就瘫痪了。这几件新奇的学习用具，就像秘密武器，顷刻间引起全班同学对春香的敬畏。

不过，春香对这些并不在意，生性腼腆的她除了上课回答问题外，一句多余的话也不说。课间休息的时候，也只是坐在课桌上看书或静静地注视着窗外。隔着玻璃窗望去，是一排排低矮的房子和土墙，大街上偶尔会有运送粪肥的牛车或卖香油、打高醋的小商贩经过。车把式的吆喝声、卖香油的梆子声，以及打高醋的叫卖声时近时远，悠悠地传入耳畔。

安顿好家人，爸爸独自一人赶回了城里。爷爷依旧肩上搭着烟袋锅和烟荷包，每天到生产队里出工。据说爷爷自小到北京当学徒，后来事业小成。新中国成立后回到了老家。由于在村里人缘很好，如今也年纪大了，生产队就给他安排了个好营生——喂猪。社员们都打趣地叫他“革命猪倌”，爷爷也总是笑眯眯地说：“党叫干啥就干啥，喂猪光荣！”果然，生产队的那几口猪让爷爷喂得膘肥体壮，社员们看着肥猪的时候似乎已经闻到了过年的肉香。就在前几天，一只老母猪生了一窝小猪，那十来只小猪仔黝黑光亮，好不可爱，引得春香一放学就往爷爷的猪场跑。

孙子孙女来到了身边，奶奶好像是最高兴的。虽然家务事增加了几倍，但奶奶总是笑呵呵的，择菜、做饭、打扫卫生，一双三寸金莲颤颤巍巍的，整天在院子里、锅台边穿梭不停。奶奶对春香这个小孙女偏爱有加，总是把亲戚们或晚辈们探望自己时孝敬的蛋糕、点心悄悄地塞给春香，而自己宁可喝稀粥，啃窝头。春香在奶奶面前最得意的莫过于穿针引线。当奶奶戴上老花镜，从针线笸箩中拿起针线半天也穿不上的时候，春香拿过来轻轻一下就完成了。看着奶奶眯着眼睛，满脸的皱纹堆在一起憨笑的样子，春香打心底感到一种成功的骄傲和幸福。

姐姐和哥哥或许是年长一些，也或许是性格的缘故，比起春香来很快就适应了这里的生活。姐姐得益于她的漂亮和一副好嗓子，一下子就成了学校文艺宣传队的骨干，专演《红灯记》中的李铁梅，而且非常受欢迎，一些大队干部家庭出身的男同学甚至给她偷偷地递过小纸条。姐姐每次演出回来都兴高采烈，常常对着家里的镜子或在院子里演练，动作有力，唱腔洪亮，吓得几只老母鸡都赶紧躲闪。妈妈好像非常支持姐姐唱戏，希望她能够选调进县里的文宣队或京剧团，甚至能借机返回天津。

哥哥跟姐姐有些不一样。回到农村，他好像如鱼得水，这里可以上树掏鸟窝，下河捉鱼，甚至还可以去生产队的马棚牵马骑驴。正值淘气年龄的哥哥玩得随心所欲，而且脱离了父亲的管教，再加上城里人所具备的新鲜的玩法和见识，他很快成了这里的孩子头，除了吃饭睡觉，整天见不到人影。妈妈很是焦急，但妈妈的批评管教，哥哥哪里肯听，依旧我行我素，再加上爷爷奶奶的袒护，妈妈也只是无可奈何，唉声叹气。

妈妈一天比一天憔悴了。爸爸走后，生活的重担一下子全部压在了她的身上。虽然有奶奶爷爷帮忙，但毕竟年事已高，只能打个下手。从操持家务到照顾几个孩子，妈妈事事都要操心，而且婆媳关系、邻里关系，与在城里的时候大不一样，都让她很难适应。她更担心将来，担心孩子们会从此落在农村，永无出头之日。瘦弱的身体和内向的性格使她难以适应这里的生活，她没有力气像其他社员一样浇水施肥、拔草锄地，也不愿意跟那些农村妇女们一起张家长李家短地嚼舌根，尤其受不了那与猪圈连在一起男女共用的茅房。

妈妈白皙的脸庞日渐消瘦，没有多长时间，似乎只剩下突出的颧骨和深陷的眼窝。自打回到农村老家，春香好像就再没见过妈妈笑的模样。春香心疼妈妈，每天放学后总是静静地陪着妈妈，主动帮着抱抱柴，烧烧火。也只有这时候，才看到妈妈脸上露出一丝欣慰。

与农村学生相比，春香家的条件还算是比较优越的。这一点，她自己也渐渐感觉到了，至少她的衣服都很干净整洁，基本没有什么补丁。在学校，春香与同学们还是有一定的距离感。她依旧很少说话，也不会主动去找同学玩儿。上课时，她总是瞪着一双忧郁的大眼睛认真听讲；下课时，她不是低头写作业，就是望着窗外。对于这个长着一双忧郁大眼睛且极少说话的小女生，任课老师都很喜欢，上课也爱向她提问，同学们也渐渐习惯了她那带有天津味儿的方言。有一天，音乐老师突然把她叫到办公室，问道：

“春香同学，你的嗓子不错，会唱戏吗？”

听老师问，春香还没回答，两个小脸蛋儿像熟透的苹果先红了，她惊奇地瞪大眼睛，点点头，然后小声地说：

“老师，我唱不好，会一点儿。”

听春香这样说，老师留有青春痘痕迹的脸上露出了笑容。

“生产大队要我们学校出个节目，想让你唱个小常宝，行吗？”老师和蔼地问道。

春香没有说话，脸色依旧绯红，两只大眼睛看着老师，轻轻地点了点头。

春香没有唱过戏，也说不上喜欢，她是一个喜欢自己静静地看书或做点什么的女孩儿。可是，这个时代与她的性格格格不入，课本里出现的是《草原英雄小姐妹》《刘胡兰》。春香以前没有见过真正的铡刀，当她偶尔看到爷爷在生产队饲养棚里用铡刀给牲口铡草料的时候，脑海里马上浮现出刘胡兰躺在铡刀下英勇就义的血淋淋的场面，甚至想到刘胡兰那血肉模糊的人头滚落在地的样子。她不敢想象自己到了那时候会怎样：投降？那是绝对不行的，自己是红小兵，怎么能向敌人投降呢！要么跳崖自尽，要么就碰死在墙上，春香做着各种设想。想着想着，她眼中就噙满泪花，她不想离开爸妈，不想那样惨死。她看到爷爷将一把把草料塞进铡刀下，又想到了刘胡兰留着齐耳短发的头颅，她下意识地摸摸自己的脖子，吓得赶紧跑开了。从此，春香再也不敢看爷爷铡草了。比起刘胡兰，还是像草原英雄小姐妹那样好。春香一个人的时候，总是喜欢让思绪跟着课本中的人物乱跑。她甚至想象着爷爷喂养的小猪仔在一个漆黑的风雪夜跑丢了，然后她去寻找，在风雪漫卷的旷野中与严寒搏斗，最后在老师、同学、爷爷找到她的时候，从昏迷中醒来，满身雪花，怀中抱着她的小猪仔。

可是，现在离冬天还远呢，到时候，小猪仔也早就长成大肥猪了。

爷爷有台戏匣子（收音机）。这是几年前爸爸从城里买回来的，它可能是村里第一台戏匣子，爷爷以它为骄傲，实际上也是为在天津当厂长的儿子而自豪。爷爷最为享受的时刻就是早晨起来或睡觉前，叼着旱烟袋，打开戏匣子，听听广播。收音机上盖着一块白底绣红的方形布，端端正正地摆放在炕梢的床头柜上。有邻居来串门，爷爷就打开收音机，算是对客人的招待，但客人是不能动收音机的，就连奶奶有时候想掸掸上边的灰尘，爷爷都急忙说："小心！小心！"

收音机里播送的节目，除了新闻，大多是样板戏。《红灯记》《沙家浜》《智取威虎山》，有时候是选段，有时候是整场。每天早晚听下来，即使不会唱也能哼上两段。爷爷是个戏迷，不但会点儿乐器，据说年轻的时候还曾经登台唱戏。他尤其喜欢花脸，虽然不大喜欢现代京剧，但一唱胡传魁、李勇奇等唱段还是有板有眼。除了爷爷，姐姐也是戏迷，而且回到村里时间不长，就是公社级别的当红演员了，她在宣传队里主演《红灯记》的李铁梅。所以人们都忘了她的真名，直接叫她铁梅。

听戏的途径是很多的，除了戏匣子，生产大队的高音喇叭每天从早到晚都在播放样板戏的选段。因此，孩子们用不着专门学习，只要不堵上耳朵，时时刻刻都是那铿锵有力的唱腔。除此之外，还有看电影。电影在当时的农村算是最为奢侈的文化活动，因为电影不但能听还可以看。村子里没有电影院，但有一座戏楼。这座戏楼是近几年为了搞文艺宣传才修建的，除了文艺宣传队在这里演节目之外，就是巡回放电影。生产大队有自己的放映员，放映机一般要到公社里轮流租借，而最关键的电影拷贝还非常稀缺，要全县轮流使用。一个县有几十个公社，一部影片每个公社轮转一遍大约需要个把月。为了节省时间，经常几个村在同一个晚上放同一部影片，每个村还要有人专门骑着自行车传递胶片。A村先上映第一集，然后马上送到B村，B村放映完后再送到C村。这样一集接着一集，就像接力赛一样，有时候送胶片的人慢一点或自行车出了故障，就需要等好长时间。如果赶上中途停电或下雨，大家只好自认倒霉，遗憾地中途解散。每次演电影之前，生产大队的大喇叭都要提前广播。听到消息后，社员们或小伙伴们就奔走相告，几乎整个村庄都洋溢着浓浓的喜庆气氛。天刚黑，人们就早早吃过晚饭，匆匆跑去占地方。在露天放映场，一盏临时安装的白炽灯照耀着放映机和放映员，戏楼前容纳几百人的广场人声鼎沸，熙熙攘攘。中间一般是坐着小板凳或马扎的孩子们，边上和后面的大人坐着大板凳或站着，就连幕布的后面、附近的墙头上和房顶上都坐满了人。大队干部在维持着秩序，放映员在忙碌着准备倒片和调试镜头，大家你喊我叫，简直比过节还要热闹。

春香奶奶家离戏楼很近。春香和姐姐早早就选择了中间的位置坐好。爷爷奶奶或许是因为坐小板凳腰疼，喜欢在后面坐在大板凳上看。哥哥与其说是看电影，不如说是凑热闹，和几个小伙伴们东跑西颠，你呼我唤。妈妈只推脱身体不好，留在家里看门。

电影除了大家喜爱的《闪闪的红星》《小号手》《南征北

战》等一些战斗片，更多上映的就是样板戏《红灯记》《沙家浜》《智取威虎山》等。电影的内容都很通俗易懂，但有些唱词的意思春香却一知半解。比起电影的内容，她更喜欢女主人公的表演和唱腔。

“八年前，风雪夜，大祸从天降，座山雕杀我祖母掳走爹娘……”

听着小常宝那悲愤苍凉、铿锵有力的唱腔，想着小常宝的不幸遭遇，春香的一双大眼睛里泪光闪闪，她完全融进了戏里的人物和故事情节之中。电影演完，人们都纷纷向家的方向走去，可春香依旧坐在那里，久久不能回过神来，直到姐姐催促她。回到家，躺在炕上，春香的脑海里，还在闪烁着电影中的一幕一幕，直到慢慢进入梦乡。

就这样，在不知不觉中，春香学会了很多现代样板戏的唱段，偶尔也在家里偷偷地唱一段。每当这时候，奶奶总在一旁眯着眼睛，慈祥地笑；爷爷则叼着旱烟袋，摇头晃脑地跟着哼唱。

就在音乐老师要春香表演节目的第二天的课间，春香被老师叫到学校办公室，校长和其他几位老师也在，春香有些紧张，连头也不敢抬。不一会儿，一声“报告”，随着老师“进来”的话音，办公室的门被慢慢推开，走进来一个半低着头的小男孩儿。春香不由得向门口方向看去，这时候男孩儿也发现了春香，两人目光相遇瞬间，彼此都吃了一惊。男孩子蓝色布褂布裤都很肥大且打着补丁，青色布鞋快露出了大脚趾头，蓬乱的头发，圆脸盘，一双不大的眼睛很是黑亮。春香忽然想起来了，眼前这个男孩儿就是那天在河滩里出主意帮助卡车脱险的人，穿着打扮没有变化，只是男孩儿的眼睛里带着一些紧张和恐惧。

老师让男孩儿和春香站在一起，男孩儿的个子似乎比春香还要矮上半头。两个人低头站在那里，就像犯了错误要挨批斗，尤其是小男孩儿，缩着身子一动不动。就这样，在音乐老师的“精心”选拔下，在校长和其他老师们无奈的眼神中，一对不协调的舞台组合——小常宝和杨子荣诞生了。

春香想笑。她是一个非常认真且长着一双忧郁眼睛的女孩儿，在平时见不到她的笑容，实际上她也很少笑，尤其是在陌生人面前。不过，当她看到小男孩儿的时候，就想笑，而且想“咯咯”地笑出声来，可当着众人又不好笑出来。因为她万万没有想到穿着虎皮坎肩，挥舞着马鞭，活捉土匪座山雕的打虎英雄杨子荣竟是这个蓬头垢面、矮小瘦弱的小男孩儿。春香忍着，极力地忍着。当老师“你们先回去吧”的话音未落，她就一溜小跑回到了教室，这下可以笑出声来了。上课铃响了，给老师敬礼完毕，春香没心思听课，以至于老师讲的什么，她一句也没听清。在她的大脑里，小男孩儿、杨子荣、自己、小常宝，像走马灯似的一遍遍过着电影。

星期六的早晨，东方的天空漂浮着几片绯红色的云，朝霞倾洒在大地上，绿油油的麦田染上了一层薄薄的红晕，微风轻拂，鲜嫩的杨树叶在阳光中欢快地舞动着，“哗啦啦——哗啦啦——”像少女清纯的笑声。近处的村舍像凝固的泼墨，远处的青山悠长如黛色的曲线。

“丁零零——丁零零——”

一阵清脆的铃声随风吹来，循声望去，一辆自行车正在乡间路上快乐地飞奔着。骑车的少女正是春香。由于个子矮，她只好两手抓住车把，歪着身子，将一条腿从自行车的大梁底下伸过去。

“丁零零——丁零零——”

自行车晃晃悠悠，在绿色的麦海中穿行。

微风拂起春香的刘海儿，露出两道细长的弯眉和宽宽的额头。在弯眉下，一双大眼睛微微眯起，长长的睫毛在阳光下随风跳动。白皙的脸蛋儿上，镶嵌着两个浅浅的小酒窝，小酒窝的周围布满幸福的笑容。

春香的心在田野中自由地飞翔着，舞动的是快乐的风。

敲门

麦收一结束，村民又开启了夏季午睡的模式。老村街道死一般的沉寂。

两道嵌入泥土路面的马车车辙，静静地、缓缓地向街道的两端平行延伸着，述说着村落的沧桑和历史。街道两旁是低矮的土坯房和夯筑的院墙。用泥巴涂抹的墙面大多已经斑驳脱落，一些略微完好的地方用白色的石灰粉写着“千万不要忘记阶级斗争！”“抓生产，促革命”之类的大字标语。几株营养不良的狗尾草匍匐在墙头上，似乎看厌了大街上日复一日的单调光景。街旁的树叶无精打采地耷拉着头。狗都趴在墙根下的阴凉里，或闭着眼睛，或吐着舌头，躲避着炎炎的热气。即使有人从身旁经过，它们也懒得叫了。整个村庄，在烈日的烘烤下，像一座闷炉，燥热包裹着寂静，寂静拥抱着燥热，死的世界和活的世界在此相逢。就在这凝固的空气中和死一般的寂静中，忽然出现了一个身影。

村子的老街上，走过来的是一个十来岁的少年。他又黑又瘦，头发乱蓬蓬的，上身穿一件破旧的白色吊带背心，下身穿一条粗布的蓝色短裤。短裤像是成年人的长裤改制而成的，宽松肥大，屁股蛋儿上还打着两块青色的补丁。脚上是一双塑料凉鞋，上面有几处烫补过的痕迹。少年左手提着一个荆条编制的篮子。篮子不大，却沉甸甸的，上面蒙盖着一张破旧的报纸，报纸上隐约可见“做革命事业红色接班人”的黑字标题。少年耷拉着脑袋，为了躲避阳光，尽量贴着墙根，慢吞吞地走着。

这条老街对少年来说再熟悉不过了。从村东头的家到村西头的学校不过二里地的距离，依次排列着六个生产小队，约几百户人家。每天上学要往返两趟，除去节假日，几年下来少说也走过几千回了。哪段路有几个坑，哪个墙头掉了一块土，哪棵树上的大枣甜，哪个鸟窝里有没有鸟蛋，哪个胡同最深，谁家的狗最凶，谁家生了小孩儿或娶了媳妇，甚至是谁家的婆媳爱吵架，谁家的男人脾气坏等这些家长里短也都了然于胸。老街看着少年的成长，少年也看着街道的变迁。

道北胡同最里边是长水姥姥家。长水家是十里地外另一个村的，只因为一出生母亲就去世了，所以长水一直寄养在姥姥家。长水的姥姥家离少年的家隔着只不过三五户人家，从刚刚懂事起，两人就成了最好的玩伴。记得刚上小学一年级的时候，有一天傍晚两个人去河边打猪草，发现了一条菜花蛇。两人半是恐惧半是好奇，用柳树条追打了半天，结果把蛇给打死了。路过的大人说蛇是有灵性的，蛇妈妈晚上会去报复，必须好好安葬死去的蛇。于是少年和长水，找了一块草地，郑重地安葬了死蛇。他们还跪在坟头前，磕头祷告，直到天黑才战战兢兢地回了家。

可是，二年级还没上完，长水就被父亲接走了。记得那天上午听到长水姥姥家传来哭叫声，少年急忙跑过去，看到长水一边大哭一边拼命从陌生的父亲手中挣脱，可最后还是硬生生被父亲带走了。少年至今还记得长水的姥姥当时满眼含泪，两只小裹脚踉踉跄跄地送到村外的情景。少年也跟着送了很远，他虽然没有像长水那样哭泣，却也感到了一种难以言状的痛苦。后来他才明白，这是自己经历的第一次离别之苦。

再沿着街道往前走，是一个破旧的栅栏门。少年快接近栅栏门的时候，脸色突然变得紧张起来，加快了脚步。原来，就在几天前，这家一个年轻男子上吊自杀了，年纪刚刚二十岁。这名男子因为小时候闹天花，落了一脸的麻子，人们都叫他王麻子。王麻子到了娶媳妇的年龄，却总是因为长得难看而告吹。看到周围年龄相仿的同伴都有了对象或娶了媳妇，王麻子郁郁寡欢。周围人的冷嘲热讽和瞧不起的眼神，让王麻子终于挺不住了，也是在这样一个死一般寂静而燥热的中午，他躲在屋里悬梁自尽了。记得出殡那天，半个村子都能听到他母亲撕心裂肺的哭声。村里大人们都说王麻子是冤魂附体，死得委屈，日后他的魂灵会变成怨鬼附上人体，拉去和他做伴，尤其是小男孩儿。少年是认识王麻子的，而且和他一起玩儿过，因此心里更是恐惧。今天，在这死寂般的中午一个人路过王麻子家门口，看到地上还有出殡那天烧掉的纸钱灰烬，闻着残留的烧纸的气味，心里顿时产生一种恶心的感觉，感觉身后似乎总有脚步在跟着自己，他像逃离瘟疫一样，闭着眼睛加快脚步离开了那个栅栏门。

走过一段路之后，少年又放慢了脚步，路的左侧出现了一个高大的门洞。说是高大的门洞，其实也就是两扇木门上盖起了一个小门楼，虽然不算大，但这个有着门洞和木门的人家格外不一般。少年知道，这是阿斗家。阿斗比自己大两岁，比起同龄的孩子个子高许多，一张微胖的驴脸上长着一对小眼睛，笑起来的时候是那种狡黠的、五官各处都冒着坏水的样子。依仗着父亲做村治保主任的权势，阿斗不仅在孩子中甚至在大人面前也是飞扬跋扈，不可一世。他抢别人的猪草和柴火，偷生产队的东西，欺负弱小，调戏女孩儿，打架斗殴，可谓无恶不作。因为他力气大，又有父亲撑腰，再加上他家那条大黄狗，很少有孩子敢去招惹他。他的父亲也很不得人心，人送外号“臭半道街”，平时总是借着维持治安或阶级斗争之名，整治村民，而且动辄让村民游街示众，大打出手。许多大人甚至孩子都吃过他的苦头，包括少年自己。

少年讨厌这个门洞，讨厌阿斗，讨厌“臭半道街”，甚至讨厌他家的大黄狗。记得一天放学的路上，少年偶然遇见阿斗欺负自己的姐姐，当时竟忘记了恐惧，飞身冲过去，一脚把阿斗踹翻在地。说也奇怪，平时耀武扬威的阿斗竟然没有吱声，像丧家狗一样夹着尾巴溜走了。这是让少年感到最为得意的一件事，也是一生都值得骄傲的事。他不知道自己当时为什么那么勇敢，那么有力，也不明白阿斗为什么就那么轻易地软弱了。但有一点让少年明白了，在恶人面前，人必须要有勇气。

过了阿斗家，就到了村街的中央位置。这一段的路面略宽一些，坐北朝南是一排十来间大小青砖结构的房屋，中间房子的前脸造型是二十世纪六七十年代常见的一种样式：房檐上部隆起一截装饰墙，装饰墙的正中央有类似红旗拱卫五角星的图案，向两翼伸展开去的白灰墙面上大概写着“发展社会主义经济，保障人民生活”的字样。一排房子的正中间是大队部兼广播室，村里的一些会议、信件、电报，以及宣传广播等都是从这里播放出去的。在二十世纪六七十年代，为了加强宣传，生产大队都设置了广播员，每天定时在大喇叭或各家各户的小喇叭里进行宣传。大队部是一个村子的中心，也是人们关注的焦点，一些关于大队部的小道消息也隐隐约约地传到了孩子们的耳朵里，比如某个大队干部经常喝酒啦，大队会计贪污钱财啦，等等。

大队部左侧是医疗保健站，里面坐着一位总是半闭着眼睛的老中医和两位曾学过几天兽医的赤脚医生。这是少年最不愿意去的地方，因为在少年的记忆里，没有比吃药打针更痛苦的了。所以少年儿时最怕的就是医生。大队部的右侧是少年最喜欢的供销社，这里不但卖油盐酱醋等生活日用品，而且学生们的学习用品几乎也都要从这里购买。合作社是少年最神往的地方。当从母亲那里得到一两毛零花钱，少年总要小心翼翼地保管好，然后跑到供销社买纸张、铅笔、橡皮、小刀，偶尔也偷偷买几块黑色的水果糖。水果糖甜甜的、滑滑的，含在嘴里别提有多么幸福了。每当走过供销社，一种美好的憧憬就会浮现在少年的脑海里。此时，正是午休时间，少年看看供销社锁着的大门，下意识地咽了一下口水，又继续沿着街道往前走去。

过了大队部，离学校已经不远了。就在这个时候，少年的脚步突然停了下来，他抬起头向一个虚掩着木门的院子望去。只见低矮的院墙里有一棵枝叶茂盛的梧桐树。这棵梧桐树少年是最熟悉不过了，春天看着它开满紫色的梧桐花，夏天看着它绿叶成荫，秋天看着它的黄叶一片片飘落，冬天看着它的树枝迎着北风和飘雪。看着这熟悉的木门、低矮的院墙和高大的梧桐树，少年不仅有些黯然神伤,他想起了春香。

那是在上小学一年级的一天，音乐老师忽然将他叫到了办公室。难道是自己犯了什么错误？少年心里嘀咕着，慢吞吞地跟着老师去了办公室。等他进了门，发现校长和几位老师都坐在那里，尤其是看到那个总是瞪着牛一样眼睛的校长，心里更加紧张。他战战兢兢地站在了老师的办公桌前。但让他感到奇怪的是，旁边还站着一个个头比自己略高，脸蛋圆圆的，长着一双水汪汪大眼睛的小女生。

这个女生，少年是知道的，她叫春香。听其他同学说，春香是天津人，父亲是某工厂的厂长，因犯了错误被下放到原籍接受劳动改造。春香和母亲也一起随父亲回到了原籍，就住在奶奶的老宅里。春香插班进了二年级。在当时，绝大部分农村孩子最多到过县城，根本不知道大城市是什么样子。因此，同学们对来自遥远的天津并说着一口天津话的春香不免就有些疏远甚至是欺生，对她的行为举止和穿着打扮也经常评头论足、冷嘲热讽。

少年没看春香，他心里还在嘀咕老师为什么把他叫到办公室来，下来会被怎样训斥。但是，出乎少年的预料，老师并没有训斥他，音乐老师跟校长和其他老师打过招呼后，就把少年拉到春香的身边，与春香比起了个头。春香比少年高一年级，况且女孩儿本身发育就比男孩儿早，这样一比，少年比春香矮了将近一头。看到这情景，少年如入五里雾中，更摸不着头脑了。他像木偶一样低头站在春香的身旁，从眼睛的余光里，感觉到校长和其他几位老师在上下打量着春香和自己。随后，他听音乐老师对校长说："校长，您看这小子怎么样？"

"个头不太般配啊！"校长沙哑着嗓子说。

"是啊，校长。可看了几个班，没有合适的，这小子嗓子不错。"音乐老师说。

"让他唱唱试试！"校长说。

听着校长和音乐老师的对话，少年感觉老师没有批评自己的意思，心里略松了一口气。

"你，不是会唱戏吗？会唱什么？"音乐老师问。

听说要自己唱戏，少年顿时眼前一亮，不由得抬头注视着音乐老师，小声答道：

“样板戏。”

“《智取威虎山》，会吗？”

“会一点儿！”

“好吧，来一段！”

虽然在校长和各位老师面前，仍然有些紧张，但少年还是鼓起勇气，清唱了现代京剧《智取威虎山》中的选段“小常保”。没想到，一唱起来，心中的紧张就消失掉了。

少年声音一停，周围响起了一片掌声，大家脸上都露出了赞赏的表情。

“不错不错！”校长的牛眼睛也不再使劲瞪着，语气温和了许多。

“就这么定了，时间紧任务急，明天就开始练习吧。” 校长对音乐老师说。

下节课上课的钟声敲响了。“你们先去上课吧，放学后留下等我。”音乐老师扔下一句没头没脑的话，夹着课本急着去上课了。少年和春香没有相互打招呼，甚至没有互相看一眼，就各自跑回教室上课了。这一节课少年没有上好，他心里一直在琢磨：老师究竟要自己干什么，为什么还要叫上春香？想起春香，少年又高兴又羞怯，因为从小到现在还没有跟一个女孩儿并排站在一起过。他机械地跟着老师朗读着拼音，心里却总想着刚才的事：想起了校长严肃的大牛眼，想起了音乐老师的青春痘，还想起了老师们的掌声，可是他偏偏没有注意到身旁的春香是什么反应。由于大脑一直在开小差儿，以至于语文老师提问的时候吓了他一跳，引得全班哄堂大笑。

下午放学后，打扫卫生的值日生也都回家了。教室里只剩下少年一个人。春夏之交的日头变长了，一抹阳光透过玻璃窗斜洒在教室的讲桌和黑板上，教室里没有了刚才的热闹，变得非常静谧。平时这时候，少年早已回家，拿上镰刀和背筐去田野里玩耍了，而现在有些无聊又有些忐忑，他在按约定等待着音乐老师。过了一会儿，教室门外响起了脚步声。一双大号的绿色军用球鞋迈进教室，紧跟在老师后面的就是春香：一双条绒的方口女鞋，蓝色华达呢裤子，白色棉布小褂，脖子上系着一条稍微有点发旧的红领巾；白皙的瓜子脸，尖下颌，弯弯的眉毛下一双略带忧郁的大眼睛。虽然只是刹那之间，但直到这时候，少年才算有机会完整地看了一眼这个带天津口音的女生。

年轻的音乐老师没有什么开场白，他让少年和春香在讲台上站好，自己坐在讲台下边的椅子上，摆好了随身带来的二胡，然后用命令的口吻对少年和春香说：

"你们俩是学校宣传队的新队员，从今天开始排练革命样板戏《智取威虎山》的选段'访贫问苦'。你演杨子荣，她演小常保，现在就开始练习。"

至此，少年才算完全明白了老师的意图，原来是让他们参加学校的宣传队，演唱样板戏。

从此以后，除了每天放学后进行排练外，还要经常参加学校和生产大队的文艺表演。二人的表演受到学校师生和村民的好评和欢迎，节目入选了公社的文艺会演。由于经常排练和演出，少年和春香在一起的时间多了起来，但除了唱戏，两个人很少有语言交流。春香很是腼腆，再加上不会说家乡话，因此不唱戏的时候，她总是安静地站在一旁听别人讲话或看别人表演。在少年的记忆里，两个人几乎没有说过什么话。时间一天天过去了，每天除了上学，就是排练表演，他们表演的节目总是很受欢迎，后来还作为公社的代表节目参加了县里的文艺会演。可就在某一天，少年突然听说春香的母亲去世了。此后的春香变得更加沉默寡言，一双大眼睛变得更加忧郁。

在半年后的一次演出活动中，少年发现春香没有到场，少年只好根据学校的安排独自演唱。演出结束后，少年从音乐老师那里打听到，春香已经随父亲返回了天津。听到这个突如其来的消息，少年感到很惊讶，心里暗自感到惋惜，因为有件事一直藏在少年的心里。

火热的阳光灼晒着少年的皮肤，而少年的心似乎感到了某种炙烤的痛感。他和春香不是同班同学，也不是朋友，只不过是做了半年的演戏搭档，谈不上什么友情，可是春香的突然离去，还是让他的内心有种莫名的失落感。每当他路过春香奶奶家门口的时候，总希望看到春香在院子里的梧桐树下玩耍，他希望看到春香忽然从那虚掩的木门里闪现出来。有时候，他甚至产生一种冲动，想走进木门，看看春香是不是在家里，即使见到春香奶奶问问春香的情况也好。

记得去年深秋的一天，公社宣传队要到区里参加文艺会演，少年和春香的节目也被选上了。他们同坐在一辆马车上。春香穿上了演出服，化了妆，头上编了一条很长的辫子。赶车的老伯一直夸赞春香比电影里的小常宝还好看，说她长大了肯定是一名好演员，其他的人也都对春香交口称赞。少年也穿上了母亲特制的绿军装，配上一条军用皮带，故意站在车把式后面，想显示一下自己扮演侦察排长杨子荣的光荣和骄傲。少年不时地看一眼坐在车厢里的春香，他发现此时的春香眼睛里没有了平日的忧郁，正抬头看着路旁的田野风光微笑。

夕阳西下，落日的余晖洒在刚刚出芽的麦田上，洒在乡间路上，也洒在几辆欢快的马车上。几名青年男女宣传队员迎着落日，按捺不住内心的激动，在欢快的马车上唱起了电影《青松岭》的主题歌。马车在乡间路上轻快地奔跑着，少年只觉得那欢快的歌声、优美的旋律，让人胸中荡漾起无限的幸福和美好。他偶尔偷眼一看，春香的脸上也露出了晚霞一样的灿烂微笑。

太阳渐渐落山了，天色暗了下来。西边远处的山峦画出一道蜿蜒曲折的黛线，田间树木的影子与黄昏的天色渐渐交织在了一起，村庄里开始出现了几点微弱的灯火，似乎鼻子已经嗅到了那熟悉的炊烟味儿。到了吃晚饭的时间，少年感觉肚子有些饿了。刚才兴奋了半天的人们也都安静下来，各自从包里拿出了干粮。那时候出门，人们一般去不起饭店，而且除了县城，一般的地方也很少有饭店，只能自带干粮。由于生活困难，人们出门带的干粮大多是玉米饼子、窝头或蒸红薯，生活稍微好一点儿的才会带上白面大饼。少年打开了母亲为自己准备的干粮包——白面和红薯面混合制作的大饼。为了按预定时间赶到十几里以外的区政府，马车没有停，大家都在车上吃干粮。正当人们坐在车厢或演出用的道具上准备开饭的时候，一股浓浓的葱炒鸡蛋的香味儿忽然钻到了大家的鼻孔里，搅得人心神不安。大家不约而同地把目光转了过去，虽是黄昏时分，还是清楚地看到了：摊在一块白布上的是几片重叠的油纸，油纸上面是一张不十分大的圆圆的白面烙饼，烙饼中间是一大块油光闪闪的黄澄澄的大葱煎鸡蛋，而捧着这张大饼裹鸡蛋的正是春香那双纤细的小手。顿时，一双双艳羡的目光几乎同时投射到春香的身上，春香发现了周围的目光，圆圆的小脸蛋儿羞红了，像晚霞一样。她低着头，尴尬得不知所措。这种情景持续了不过几秒钟，很快大家都佯装什么都没看到，纷纷扭过脸去啃食自己的饼子和窝头。粗茶淡饭，却少不了欢乐，欢笑和嬉闹声又充满了马车和晚餐中。

少年也偷偷看了一眼春香手中的大饼裹鸡蛋，然后和众人一样，开始吃起了自己的混合面大饼。吃饱是那个时代人们的第一目标，倘若平日能够吃上烙饼卷鸡蛋或鸡蛋挂面之类的食物就算是至高无上的美餐了。正当少年低着头吃着自己的混合面大饼的时候，突然感觉背后被人轻轻地捅了一下，他下意识地回过头一看，发现在黄昏微微发暗的天色中，春香那一双明澈的大眼睛正注视着自己。春香没有说话，只是将一块烙饼卷鸡蛋递到了自己的眼前。少年有些不好意思，但他从春香的眼神里看到了真诚和不容推辞，也就默默地将烙饼裹鸡蛋接过来，大口地吃了起来。少年以前吃的烙饼卷鸡蛋也不算少，后来吃的就更多了，可是在他的心里，没有任何一次比这次的烙饼裹鸡蛋吃得香，吃得美。以至于在他的一生中都认为烙饼裹鸡蛋就是天下最美的食物了。那次在区里文艺会演的情形后来在少年的记忆中已经模糊了，但是春香递给自己大饼时的表情和眼神至今还历历在目——那是天下最美的脸庞，那是一双天真无邪、充满真挚和友善的眼睛，就像春风化雨一样，告诉了少年人世间的美好，告诉了少年真诚和善良的可贵，以至于少年在其后的人生路上，在遇到各种是是非非、各种困难的时候，都会从那双眼睛中获得启迪和力量。

那天晚上的文艺会演结束后，宣传队的人们都很兴奋。回家的路上，大家都在谈论着是否能够参加县城会演的事。聊着聊着已是深夜了，大家感到了路途奔波和演出后的疲倦，开始在马车上打起了盹儿。深秋的夜晚空旷漆黑，四周静悄悄的，仿佛一切都凝固住了似的，只有马蹄声和马车发出的吱吱呀呀的声音在夜幕中传向远方。少年也困了，看了一眼身边的春香，春香坐在车厢里，双手抱着膝盖，将头搭在上面，身体随着马车晃动着，好像也睡着了。深秋的夜晚，一片美好的寂静。少年偶然抬起头，发现了满天的星星，或明或暗，眨着眼睛。忽然间，他发现了北斗七星，像有人点缀的图画一样清晰地挂在天上。少年忍不住用手轻轻拍了一下春香的肩头，小声地说：

“你看天上！”

“好美！”春香抬起头，顺着少年手指的方向向天上望去，不禁脱口而出。

他们一起遥望着北斗七星，此时的世界，似乎只剩下了星星、少年和春香。

每当少年回忆起那个美好的夜晚，想起那美丽的北斗七星，就仿佛进入到了童话之中，世界上的一切都不存在了。

但是，现在春香走了，而且是悄无声息地走了，连个招呼都没打。少年并没有责怪春香，他只是觉得惋惜，觉着亏欠了春香一些什么，心里总是不踏实。自从那天晚上吃了春香的烙饼裹鸡蛋后，少年对春香一直怀有感激之情，他想送给春香点什么，或者表示一下谢意也好呀，可是少年一直没有找到这样的机会。

自去年冬天春香的母亲去世后，春香变得更加沉默寡言了，眼神也更加忧郁。看到这些，少年想安慰一下春香，想看到春香的笑容，可是他又找不到好的办法。在一个寒冷的早晨，少年从地窖的红薯中挑了两个最大的，在母亲烧火做饭的时候，悄悄把它们埋在了火灰之中。等吃完早饭，红薯烧熟了，略带黑糊的表皮里散发着一股烤红薯的诱人的香气儿。少年用旧报纸将烤红薯包裹好，然后悄悄地放进书包里，急急地向学校跑去。他鼓足勇气，站在学校门口等着春香，想把冒着热气的烤红薯送到春香手中。可是，当他看见春香从街上走来，从书包里掏出红薯的时候，却被路过的几个同学发现。他们不由分说，抢过红薯，很快就分着吃掉了。

看到他们那带着满嘴黑灰的得意样子，少年又气又急，可对这些平日要好的同学没有丝毫办法。少年精心设计的一次“报恩”行动被破坏了。直至春香离开，少年再也没有得到这样的机会。

少年从回忆中回过神儿来。又看了一眼春香奶奶家那低矮的院墙和虚掩的木门，看了一眼那棵茂盛的梧桐树，已经有两年没有春香的音讯了，难道从此永远都见不到了吗？少年内心涌起一种莫名的伤感，他多么盼望有一天，春香能够突然出现在眼前。

少年提着篮子继续前行，眼看就来到了他熟悉的学校门口。

学校据说是由一所寺庙改建而成的，位于村子的西头，是一个四合院结构。学校南面临街是一排教室，中间是一个大门洞，进了门洞，左面的房子是教工食堂和教工宿舍，右面是教室。学校北面也是一排教室，中间还有一个大门洞通往学校的操场和厕所，紧邻大门洞的两侧是教师的办公室。这所学校是国家和集体的“联办中学”，规模不大，包括小学部和初中部，共十来个班级，二三百名学生，教师包括“国办”和“队办”，加起来有十几名。

此时正是中午午休时间，再加上天气炎热，学校门前空无一人。少年来到学校门前，心里开始有些犯难了，因为他此时来学校的原因就是有一件很难为情的事。

就在上个星期的一天，当上课的钟声响过，同学们在座位上等着老师来上课的时候，发现走进来的不是老师，而是那位瞪着牛眼睛的校长。校长三十五六岁的年纪，穿一件灰色衬衫，身体干瘦，留着一个小平头，蜡黄的脸上总是瞪着一双牛一样的眼睛。校长站到讲台上，用沙哑的声音说：

“同学们，今天不上课，根据上级的要求，要让大家给老师提意见，写大字报。最近北京一位叫黄帅的小学生给老师写大字报，受到了中央领导的表扬，受到了人民的称赞，被命名为“反潮流的小英雄”“革命小闯将”。我们要向黄帅学习，争当“革命的小闯将”，大家对老师有什么意见，尽管写出来，学校要对提意见的同学给予表扬……”

校长啰里啰唆地讲了一大堆。对于小学四年级的同学们来讲，这些话似懂非懂，但校长要求给老师提意见、写大字报这一点还是听懂了。校长说完，又打开随身携带的报纸，给同学们朗读了几段黄帅日记，然后就踱着方步回办公室了。

最近，“黄帅”“反潮流”“革命小闯将”这些词在生产大队的大喇叭广播里铺天盖地，大家早就知道了，但这些事似乎与自己毫无关系。校长一走出教室门，同学们就像撒了欢的小马驹一样，男生们奔跑打闹，女生们说话嬉笑，整个教室立刻乱成了一锅粥。在这纷乱之中，只有坐在角落里的少年从作业本上撕下一页纸，用铅笔头认认真真地写起了什么。将要下课的时候，校长又走进教室，整个教室一下子又变得鸦雀无声了。校长依旧瞪着牛眼睛，问大家写好了意见没有，没有一个人回答。校长的脸色有些不高兴，牛眼睛显得很严厉。正在校长要转身离去的时候，忽然发现角落里的少年慢吞吞地举起了手。等校长走过去，他把一张皱皱巴巴的纸交了上去。校长扫了一眼上面的字，又用牛眼看了一眼少年，然后便背着双手离开了教室。

不学习是当时学校的常态，学生们也乐得上这样的课。下课的钟声响了，同学们就像小鸟出笼，一哄而散了。少年也随着大家跑了出去，他交给校长的那张皱巴巴的纸和纸上写的内容早已被忘到九霄云外了。

过了周末，星期一早晨，少年照样背起书包去上学。当他走到学校时，一件意想不到的事情发生了。他发现学校大门口旁边的墙壁上贴着一张很大的白纸，纸上用毛笔写着一些字，几名同学正在指着上面的字议论着什么。人们发现少年到来，有个男生指着少年高声喊道：

"是他，就是这小子！"

看着大家不友好的目光，少年不知道发生了什么，他只是看到了纸上的"大字报"三个字。等他刚想仔细看的时候，忽然上课的钟声敲响了，只好跟着大家跑进了教室。

到教室放下书包，大家又急忙来到院子里排队，因为每周一的第一节课是学校的周会时间。同学按班级站好队，校长和副校长坐在对面中央的椅子上，其他的班主任和任课老师都坐在两旁。少年几乎是最后一个从教室里跑出来，慌慌张张地钻进了自己班级的队伍里。副校长站起身来，宣布周会开始，并请校长讲话。随后，校长也从椅子上站起来，用牛眼睛扫视了一下全体同学，然后扯开沙哑的嗓子开始训话：

"各位老师，各位同学，今天的周会我要说一件重要的事情，就是要对×年级×班的××同学提出表扬。大家都看到了学校门口和教室门口的大字报，这是××同学写的，这是一种敢于斗争的反潮流精神，是革命英雄主义精神。咱们学校正式命名某某同学为我校“黄帅式小英雄”，希望大家向他学习。同时对贾玉兰同志提出批评，要求她要向学校做出深刻检查。”

校长话音刚落，人群就出现一阵骚动，所有人的目光一下子都投向了坐在前排的贾玉兰老师。少年被这突如其来的变故惊呆了，他感觉自己似乎是被副校长连拉带拽地带到了队伍的前面。少年不敢抬头，也不敢看人们。他不像是在受表扬，更像在挨批斗。自从春香走后，少年不想在人前唱戏表演了，时间不长就退出了宣传队。他像变了个人似的，忽然害羞腼腆起来，而且总是喜欢躲在角落里。现在，他站在队伍的前面，接受着校长的表扬，而大脑却一片空白，甚至想找个地缝钻进去。

周会散了，少年迷迷糊糊地走回了教室，直到他坐到自己的座位上，还是不明白自己怎么就成了“黄帅式小英雄”，更不明白这到底是好事还是坏事。他只是觉得浑身不自在，似乎全班同学都在用异样的、嘲笑的目光注视着自己。正在这时候，有同学喊了一声“老师来了”。话音刚落，班主任贾玉兰老师便走进了教室。

贾老师三十来岁的年纪，个子不太高，身体微胖，齐耳短发，圆圆的脸上一双既严肃又略带慈祥的大眼睛，而且眼角显得很长。她的丈夫在部队上，自己带着两个孩子住在学校的宿舍里。贾老师是数学老师兼班主任，上课认真严肃。当她那双大眼睛从慈祥变得严厉时，大家都很怕她。少年像是犯了错误，不敢抬头，更不敢看贾老师。只听贾老师说道：“××同学做得非常好，成了‘黄帅式小英雄’，为我们班争得了荣誉。我要接受批评，今后好好改正。”

贾老师见少年一直低着头，就叫他抬起头来。

“不要紧张，你批评得对，今后老师一定改正！”

少年听贾老师没有责备自己，才敢抬起头来。出乎意料，他看到贾老师脸上竟带着慈祥的微笑，用慈祥的目光注视着自己。少年的心更加觉得羞愧了。下课的钟声敲响了。贾老师在即将走出教室的一刹那，好像是被门槛绊了一跤，差点摔倒，幸亏她及时地扶住了门框，然后脚步踉跄地急急走回了宿舍。看着老师的背影，少年的心里充满了愧疚。

放学后，同学们都各自回家了。少年一个人慢吞吞地往家走着，他感到脚步沉重，也感到这条街很漫长。少年想起贾老师走回宿舍时那踉跄的脚步，想起她慈祥的笑容，心里有一种说不出的滋味。自己根本就没有想写什么大字报，只是随意写着玩儿的，怎么就稀里糊涂的成了什么小英雄？真是荒唐。此时，少年想起了自己写的那份意见书。大致内容是：

敬爱的贾老师：

我给您提个意见。您有时候脾气不好，上课爱对同学们生气发火，有时还会摔粉笔头。同学们不好好学习不对，也不应该惹老师生气，作为老师您应该严格管教，但是最好不要发火，尤其是不能摔粉笔。粉笔是国家财产，是劳动人民的血汗，哪怕是一个粉笔头。否则就是损坏国家财产，不珍惜人民群众的劳动果实。这样还怎么教育学生呢？……

少年的意见书很短，而且是从作业本上撕下来的一张皱皱巴巴的，写着歪七扭八铅笔字的，三十二开的纸张。它怎么会变成大字报，而且用漂亮的毛笔誊写，张贴得到处都是呢？他想不明白，他压根就没有想到后果会这么严重。

第二天，贾老师没来上课。据班长说贾老师病了，而且在教师会上还挨了批评。少年不懂政治，也不懂大人们的世界。他只是按校长的要求模仿了黄帅的语体而已。他并不知道这些无意的举动在大人的世界是多么残酷，又会给一个善良的人带来多么大的痛苦。

整个村子就是一个巨大的扩音器，在这里是没有什么隐私的。大字报风波很快就传到了少年母亲的耳朵里，母亲并没有责怪少年，而是在午饭后，把事先准备好的一篮子自留地里刚刚收获的土豆递到少年手中，并嘱咐说：

“赶紧给贾老师送去，趁中午没人。老师虽然吃商品粮，带两个孩子也不容易。去给老师道个歉！”

“我不去！”少年犟着嘴，没动。

“那我回来就告诉你爸了。”母亲使出了撒手锏。

少年听母亲这样说，心里有些害怕了。因为关于父亲，少年的记忆中就是两个字“暴揍”。这两个字概括了童年乃至少年时代他对父亲的所有理解，没有训斥、没有说教，直接就是“暴揍”。虽然后来听别人说父亲是三里五乡的大好人，而且也确实没见父亲对母亲发过脾气，但儿子怕父亲，这似乎是天性。无奈，少年只好提着篮子走出了家门。

少年提着土豆来到学校门前，门口的大字报已经没有了踪影，墙壁上只留下一些糨糊刷过的痕迹。再往门洞上方看去，几棵狗尾草正在摆动，起风了。抬眼望去，西北的天空冒起了几朵巨大的积雨云。

少年穿过门洞，来到贾老师的宿舍门前。除了树叶开始有些摇动，整个校园非常安静。贾老师宿舍的门窗玻璃后面都遮着窗帘，里面没有任何动静。少年想喊报告，可是嗓子像被粘住了一样，怎么也张不开嘴，出不来声。他憋得满脸通红，感觉自己整个身体像被烧烤着一样。他伸出手，在门玻璃上轻轻敲了三下。没有回应，他又敲了三下，心脏也在随着敲门声在跳动。

“谁啊？”里面传出来贾老师熟悉的声音。

门打开了，贾老师吃了一惊，还没等贾老师开口，少年把装满土豆的篮子往门里一放，说了一句：“贾老师，对不起！”转身一溜烟似的逃走了。

就在少年离开学校的时候，一阵狂风吹过，瓢泼大雨直泻而下。少年在大雨中，在老街上，使劲地奔跑着，他如释重负，感到了无比的畅快。

花生与柿子

这是我十一岁那年的事儿。

在当时的农村，一年中有两个农忙期，一个是麦秋，一个是大秋。

所谓麦秋，就是六月中旬左右，收麦子的时候。因为当时没有收割机，全靠镰刀割或手拔，而且季节已经到了盛夏，雨往往来得很急，稍一耽搁，麦子就会淋雨发霉，所以，一到麦秋，生产队就如同打仗一样，全体社员不分男女老幼，都要披星戴月地去抢收麦子。

大秋一般从九月中旬到十月中旬，大概一个月的时间。这时候，庄稼都成熟了，农民们不仅要收割玉米、红薯、棉花、花生等农作物，还要赶在寒露节气到来之前播种完冬小麦，这叫做“抢收抢种”。大秋是真正的秋收，是农村最繁忙最充实的时期。

为了配合秋收，一到了麦秋和大秋，农村的学校都要放假，一般麦秋放半个月，大秋则长达一个多月。

像我们这样十几岁的孩子，虽然干不了什么重体力活，但可以帮助大人们打打下手，比如割麦子、捡麦穗、掰玉米、摘棉花等，作为青壮劳力的补充，也会发挥不小的作用。当时生产队的劳动计量是工分制：一般来讲，一个男劳力一天是十个工分，女的八个，未成年人根据年龄大小，有七个和六个的。因为我当时十岁出头，只能挣六个工分。尽管只有六个工分，麦秋和大秋两个大的假期，再加上周六和周日，另外还有一些如积肥、打草等计件的工分，加起来也算不少，对缺乏劳动力的家里来说，这是一个很大的工分补充。所以，只要是不上学的日子，我就会去生产队劳动，为的是给家里多挣些工分。

农活也是分好多种的。在社员们的眼里，衡量农活的好和坏，不是重要与否，而是累与不累，因为吃的是大锅饭，许多人都是出工不出力的。比如说，耕地、播种、除草、施肥和收割等，往往是最累的农活，而浇水、捡拾果实和看守庄稼等就是比较轻松的。有些农活不但轻松，而且还是很有乐趣的一种“肥缺”。

这其中最让我们喜欢的莫过于在地里看守收割的庄稼了。尤其是看花生。

花生也叫落花生，是农村种植范围广且具有重要经济价值的一种农作物。因为花生的田间管理比较容易，产量高；花生既能生吃，也能当菜，还能榨油。花生油也是农民最主要的植物油来源。

每到大秋花生成熟的时候，刨花生是大人小孩儿都喜欢的工作，因为一边刨，还可以一边吃。刚刚从土里刨出来的花生，剥开皮儿，里边的花生仁儿白胖胖粉嘟嘟的，嚼上一个，味道鲜美，口感清脆，非常好吃。

但是，花生刚从土里刨出来的时候是湿的，需要去掉水分，晒干，才能保存。所以，花生刨出来后需要在地里晒上一段时间，等全部干透了，其他的农活也基本干完了，才会被运回打谷场。

在花生晾晒的这一段时间里，为了防止偷盗，生产队往往会安排一些人昼夜看守，为了节省劳力，我们这些半大的孩子就派上了用场。

记得我在初中的三年里，几乎每年都要被安排看花生，少则十天，多则半个月，甚至一个月。

看花生是最轻松最有乐趣的一项工作，因为我们可以脱离家庭的束缚，完全自由地打闹玩耍。每天除了适当的巡逻和轮流回家吃饭外，几乎没有什么事情。我们用花生秧和玉米秸搭建一个小窝棚，晚上挤在一起睡觉，有时候还可以偷偷地用柴火烧花生吃，那种感觉实在是过于美好。

这一年，生产队长安排看花生的是四个人：春明、开子、喜子和我。春明十三岁，上初二，是我一位堂伯的儿子；开子十二岁，初一，是生产队长的儿子；喜子和我都是十一岁，初一，喜子的爸爸是生产队副队长，一位退伍军人。

这里春明岁数最大，由于是家里的长子，且父亲在天津工作长期不回家，所以他个性很强，是个很有主意的孩子，自然也就成了我们的头儿；开子是生产队长的儿子，但生性随和，比较听话，人缘也不错；喜子虽然和我同岁，但壮实得像个小牛犊，有些喜欢吹牛；比较起来，我性格内向，或许是因为父亲是教师的缘故，多少喜欢读一些闲书。

看花生的地点叫城角。两千多年前，这里曾经是燕下都的城东北角，如今虽然早已是一片农田，但隐隐约约仍能看出燕下都的一些痕迹。城角北边是一条大道，也是从易县山区通往定兴县的一条主要道路；从地头向北望去，大约二里地的地方，有一片茂密的树林，树林里穿过的就是北易水河，当年这里曾经上演过“风萧萧兮易水寒”的壮烈一幕；西面有一个低洼的深沟，听老人们讲，这里曾经是战国时期连接中易水和北易水的一个人工河道，当时可以运送粮食等物资。如果回到两千多年前，或许这里的每一块土地都是故事。

刚开始的几天，大家无拘无束，很是快活，因为我们过着一种全新的生活。但过了一段时间后，没了新鲜劲儿，工作也觉得乏味了，于是几个人开始商量着去远处玩耍。

要出去玩，大家当然都很高兴，但必须留下一个人值守，开子和喜子的父亲分别是生产队长和副队长，再加上他们两个比我性格活泼，于是春明要求我留下值班。而我呢，也很乐意，因为刚刚从一个亲戚家费了很大劲儿才借来了上下集的《敌后武工队》，正想迫不及待地读下去，于是就愉快地接受了留守值班的任务。

他们三个去玩了，只剩下我一个人，坐在地头的树荫下，安安静静地读起了小说。坐着读累了就趴着读，趴着读累了再坐起来读，当自己的注意力完全集中在小说里的时候，我感到了无比的快乐和充实。

记得当时已经过了秋分，地里的庄稼基本收割完了，社员们正在忙着耕地和播种冬小麦。昼夜温差加大，中午秋阳高照，暖烘烘的，而到了早晚，就有些凉意了。

这一天午后，春明、开子和喜子又把我留下，不知去哪里玩儿了；而我，依旧在地头的树荫下读着《敌后武工队》。就在这时候，从西边沿着大路，来了一辆独轮车。推车的是一个三十多岁的男人，脸膛黑黝黝的，头发和胡子有些蓬乱，粗布衣裤上打满了补订，挽着衣袖和裤腿儿，穿着一双很旧的解放鞋。再看他的身后，跟着一个七八岁的小女孩儿。

小女孩儿长得圆脸盘，脸蛋儿也晒得黑红黑红的，更衬托出了那一双水汪汪的大眼睛，额头上留着齐眉的刘海儿，脑后梳着两条小辫儿。身上穿着一身蓝色衣裤，脚上是方口布鞋，肩上斜背着一个蓝色包袱。

不用细看就知道，这是山里下来卖柿子的。这两个人一定是一对父女，我这样推断着。

在易县的山区，盛产柿子，尤其是井儿峪一带出产的柿子，个儿大，含糖量高，人称“磨盘柿”，远近闻名，很受人们欢迎。

每到秋天，总有三三两两的山里人用独轮车装上几百斤柿子，运到几十里以外的定兴县或更远的高碑店去贩卖，因为那里有火车站，可以卖一个好价钱。

那时候从易县的山区到定兴县城，基本上都是坑坑洼洼的土路，卖柿子的人推着独轮车步行，单程也要两天左右，他们只好带上一些粗糙的干粮（那时的山里很穷，基本上吃不到白面，也就是带些玉米饼子、窝头之类的），风餐露宿，等卖了柿子挣了钱再买些粮食。

我每次看到这些推着独轮车卖柿子的人，都觉着他们是那么可怜，但自己又没能力给他们任何帮助。今天，第一次看到独轮车后面跟着一个小女孩儿，觉着有些好奇，我合上书，默默地注视着他们。

独轮车在我近前停了下来，看样子是推车的男人累了，他用衣襟擦了一把脸上的汗水，然后坐在地上，掏出旱烟袋，吧嗒吧嗒地抽了起来。

小女孩儿显然也累了，她从独轮车上拿出一个玻璃瓶，拔下木塞准备喝水，可当她举起瓶子的时候，发现里面已经空了。小女孩儿用舌头舔了舔干燥的嘴唇，无奈地四下张望了一下，或许她是希望附近能有个水井。可是，周围既没有村庄，也没有水井，女孩儿满脸失望地坐在了父亲的身旁。

父亲看了一眼空瓶子，然后又把目光转向了地头上坐着的我。只见他慢慢站起身，从独轮车上拿了一个柿子，向我走来。

“小兄弟，给口水喝吧！”男人对我说道。

我站起身，没有说什么，径直向窝棚走去。我从里面拿出一个水瓶，来到男人面前，拔去木塞，接过男人的水瓶，然后瓶口对瓶口，将整瓶水都倒进了男人的瓶子里。

“小兄弟，谢谢啦！”男人接过水瓶，一边说着感谢的话，一边将手里的柿子递给了我。

“不用。”我推脱着，并没有去接柿子。因为我知道，这些柿子对山里人来说就等同于口粮，他们辛辛苦苦地用独轮车一步一步推到几十里以外的地方，多么不容易啊！我想起了每年春天，从山里下来讨饭的老人和小孩儿。如果没有粮食，或许这个小姑娘明年也会讨饭呢？她为什么要跟着父亲步行好几十里去卖柿子呢？是不是家里没有亲人了呢？当时，一连串的问号涌上了我的心头。

男人没有再说什么，他把柿子放在花生秧上，转身向独轮车走去。

我看着小姑娘从父亲手里接过水瓶，咕咚咕咚地喝了几口，然后盖紧瓶塞，把瓶子放回了车里。接着，父女二人整理了一下衣裳，又开始赶路了。

我急忙跑到地里，摘了一大捧花生，然后追上他们父女俩，把花生塞到了小女孩儿的手里。

小女孩儿不知所措，惶恐地收下了花生，男人笑着，说了声“谢谢”，然后两个人又向前走去。

我目送着二人的背影，直到看不见了，才转回身。那个红红的大柿子还在那里静静地放着。

柿子，对于平原地区的孩子来说，也算是稀奇的水果了。但我没有舍得吃，也没有分食给几个小伙伴，而是偷偷地拿回了家。因为背着同伴用花生换柿子是很不仗义的，也是不被允许的。

事情过去几十年了，但这一幕始终隐藏在我的脑海里。我曾多次想象：那个小女孩儿吃花生的时候，脸上一定会露出甜美的笑。

刺猬偶遇

我每天都去探访刺猬的洞穴。

在小区的住宅楼前有一个地下车库。在地下车库的上面建了一个花园式的小土丘，小土丘上栽满了一排排的洋槐树。一条弯弯曲曲的石径穿过土丘，连接着小区里的甬路。因为石径高低不平，平时很少有人走。到了夏天的六七月份，由于高温多雨，土丘上会长满茂密的蒿草和刺槐，再加上蚊虫多，所以就更少有人从这里经过或逗留了。

但是，生性好静的我却很喜欢这个小土丘。无论春夏秋冬，一早一晚，上班下班，我经常在小土丘上走一走。冬天踩踩雪，春夏看看花草，秋天听听虫鸣，小土丘也是我的一个乐园。发现刺猬的洞穴，是在盛夏的一个早上。那天，当我走过小土丘的时候，不经意发现了一只刺猬正在慢慢地爬行。出于好奇，我不动声色，悄悄地观察着它，最后发现它钻进了一片浓密的草丛中。过了一会儿，我悄悄地顺着刺猬爬行的路线走了过去，拨开草丛，却没有发现那只刺猬。正当我有些失望和疑惑的时候，忽然发现在一块石板下面有一个很隐蔽的小洞穴。当我往洞口里看的时候，发现一双亮晶晶的小眼睛正在警惕地向洞外张望。我终于发现了小刺猬的藏身之所。

自从我发现这只刺猬的洞穴之后，不知是为什么，就再也放心不下。每天早晚经过的时候，都要去看一看。一开始，或许是刺猬害怕我的缘故吧，每当它发现我到来后，总是逃到洞穴的深处。但后来它发现我没有要伤害它的意思，渐渐也就放松了警惕，并睁着一双圆鼓鼓、亮晶晶的小眼睛从洞穴的门口观察我的动静。这时候，我和刺猬就静静地对视着。刺猬的眼睛虽然长得很像老鼠，但它的目光绝对不是那么贼眉鼠眼，让人感到恐惧和厌恶。它的眼神很温柔，很真诚，很善良。当我与它长时间对视的时候，甚至要感动得流泪。

这天早上，刚刚下过一场大雨，我担心刺猬的洞穴是否会浸水，所以一大早就赶忙去了刺猬的洞穴。土丘上的蒿草更加茂盛了，上面挂满了水珠，把我的裤子和鞋都打湿了。我拨开草丛，来到洞穴近前，发现洞穴所在的地势很高，而且洞口周围做了一道堤坝一样的土墙，正好把雨水都挡在了洞穴的外面。看到洞穴没有问题，我悬着的一颗心也就放下了，同时内心对刺猬选择和保护洞穴的本领也产生了佩服和敬意。就在这时候，刺猬似乎也发现了我的到来，它从洞穴里大胆地探出头来，用鼻子嗅一嗅，用眼睛看一看，好像是在和我打招呼。等我再往洞穴里仔细看的时候，突然发现在刺猬的身子下面还有两只小刺猬。这两只小刺猬紧紧依偎在刺猬妈妈的怀里，我心里又惊又喜：刺猬当妈妈啦！恭喜你，刺猬妈妈！恭喜你们，幸福的刺猬一家！

别人的幸福就像自己的幸福。刺猬妈妈和小刺猬一家的快乐与安危时时刻刻牵动着我的心。自从知道了小刺猬的降生，我对刺猬一家更放心不下了。一天下午，当我经过土丘时，突然发现机器轰鸣，工作人员正在用除草机割土丘上的草。这让我的心一下子紧张起来。我担心刺猬的洞穴会被毁掉，刺猬一家恐怕也难逃厄运。到时候刺猬一家该是多么可怜啊！我急忙向刺猬洞穴的方向跑了过去，甚至做好了转移除草人员注意力的准备。等我走到附近，发现洞穴周围的草已经被割掉了。我想这下可坏了，刺猬洞穴一定被破坏了。出乎我的意料，在被割掉的蒿草下面，刺猬的洞穴完好无损，洞穴根本就没有被发现。刺猬母子一定是安全的，我悬到嗓子眼儿的心总算放下了。我悄悄地离开了洞穴，因为担心我的行为会引起除草人员的怀疑。我一边走，一边想：小刺猬什么时候能离巢呢？我悄悄地向老天祈祷，希望刺猬母子平安。

这一天早上天气很凉快，凉快得让人忘记了还是在盛夏。因为一直担心着刺猬母子，早上一出门就急忙向土丘上的刺猬洞穴走去。土丘上的草丛都被割掉了，就像留着长发的人忽然剪成了一个秃头。虽然小土丘看上去变得整洁干净了，但没有了各种各样的野草，也听不到各种虫儿的鸣叫声了。小土丘不但失去了原来的神秘和勃勃生机，而且变得单调和乏味了，尤其是那些蛐蛐儿、蝈蝈儿等昆虫无家可归，显得很是可怜。我来到刺猬的洞穴前，幸运的是刺猬的洞穴没有被发现，刺猬母子也得以安全地生活下去了。为此我也更加佩服刺猬妈妈选择洞穴的眼光和技术。我俯身往洞穴里看去，好像刺猬妈妈正在等待着我，小刺猬也在里面蠕动。刺猬妈妈看到我，非但没有惊恐，反而伸出头来静静地观察着我。我默默地注视着刺猬，就像遇到了一个老朋友一样。周围很安静，很长时间，我们就这样相互注视着，我从刺猬的眼神中似乎看到了友好和问候。“早上好，刺猬妈妈，请好好抚养你的孩子，我会尽力保护你们的。”我在心里默念道。为了不引起别人的注意，我恋恋不舍地离开了刺猬母子。天阴了，会下雨吗？

毕竟还是盛夏，到了中午左右，天又热起来了，在户外走动的人很少。小土丘上空无一人，只有茂盛的槐树叶子遮挡着烈日的灼晒。我下班回家前，不由得又去了小土丘。周围热浪滚滚，树荫下也没有一丝凉意。周围一片寂静，刺猬的洞穴依然如故。不知为什么，每当我靠近洞穴时，总会有一种紧张感，甚至有些心跳加速。我依旧俯身向洞穴里窥视，却没有看到刺猬妈妈的身影。我想或许是刺猬妈妈夜间猎食累了，正在洞穴的深处睡觉呢。这时候，两只小刺猬好像注意到了我的动静，开始慢吞吞地动了起来。我把准备好的饼干揉碎轻轻地放在洞口，过了一会儿，小刺猬小心地用鼻子嗅嗅饼干，然后慢慢地吃了起来。看到小刺猬吃我的饼干，一种喜悦和幸福感在我的心里顿时油然而生。看到刺猬一家健康平安，我满意地离开了。

一天早上，我怀着期待的心情再次造访刺猬的洞穴。等我往

洞穴里看的时候，心里一惊，洞穴依旧，里面却空荡荡的。刺猬妈妈和孩子们都不见了，它们到哪里去了呢？是被杀害了还是搬家了？一时间，我的脑海里浮现出各种猜测。自从发现刺猬的洞穴，我每天都来探望刺猬母子，我对刺猬一家似乎产生了一种亲切感，以至于我想就这样一直观察刺猬一家，看着小刺猬成长并和它们交往下去。可是，随着刺猬一家的消失，我的所有想法都落空了。最令人担心的还是刺猬一家三口的生命安危。如果刺猬遇难而死，那刚刚来到世间的小刺猬是多么可怜啊！想到这里，我的心情变得悲伤起来。但过了一会儿，我又从悲伤中回过神来，刺猬们那么聪明，怎么会被轻易害死呢！它们不侵犯别人，身上的刺儿也会保护它们的。或许刺猬并没有死，只是搬到另一个地方去了吧。或者小刺猬已经长大，到了独立生活的时候，离开了洞穴。但是，它们为什么要丢掉这个洞穴呢？它们到底去了哪里呢？我心里胡乱想着，对刺猬一家的突然消失还是有点不能接受。

但是，这样的事情在动物界里是很常见的。为了让孩子自己狩猎捕食，父母会主动让它们离开自己去独立生活。刺猬一家或许也是去了更容易猎食的地方吧。这么一想，我的心又得到了些许的宽慰。虽然和刺猬一家分手有点难过，但小刺猬们想要成长就必须这样做。说不定，刺猬一家已经在另一个地方开始了幸福生活呢。等明年这个时候，小刺猬可能也会成为爸爸或妈妈，再回到这个洞穴抚养孩子。此时，刺猬妈妈温柔的眼神和小刺猬可爱的样子再次浮现在眼前，我的心情逐渐变得豁朗起来了。

分手是件痛苦的事，人类和动物都是一样的。分手和相聚都是宿命中的东西，相遇、邂逅也都是冥冥中的安排。我们很难左右它，只有珍惜。我和刺猬的相遇可能也是一种宿命或缘分。我站在刺猬洞穴旁默默地为刺猬一家的未来祈祷着：刺猬们，再见！祝你们过得幸福。

我们更多地陷入日常生活的压力和琐碎中，忘记了身边的小虫、小鸟，乃至一草一木。其实，所有的生命都有它们的喜怒哀乐，观察它们，或许能反思我们人类自己。小刺猬为了生存，为了生活，去了别的地方。但我相信，小刺猬的故事并没有结束，只要我们关注它们，善待它们，把它们当成人类的朋友，它们一定还会出现在我们眼前！

回乡

五月端午的前一天，又回了一趟故乡。

看到住在县城弟弟家的父母身体好于去年，我心里十分宽慰。和父母聊了几句家常话之后，就急急驱车奔向了自己生长的那个村庄。近年来，由于人口的膨胀和“现代化”对农村的摧残，使我一度对故乡失去了信心，甚至对故乡的现代面貌产生了些许厌烦。但是，许多的记忆和日夜的思念驱使我不得不回到梦中的故乡走走，看望一下那条小河，追寻一下自己童年和少年时代的足迹。

虽然水泥房屋侵占了大片良田，虽然马达隆隆破坏了乡村的宁静，虽然路边出现了以前城郊地区才会看见的垃圾山，虽然昔日的少年已经苍老了容颜，所幸的是当年洗澡摸鱼的小河还在，攀爬掏鸟窝的老槐树还在。两千年前的城墙和古坟上依旧草色青青，麦田似凝固的图画一般在晚风中绿浪滚滚。

我重新走过曾经劳动耕作的小路，穿过上学求知的小巷，让记忆的荧屏随着激动的目光一段一段地闪过。霎时间，我的心中又充满了对故乡的希望和眷恋。我再次叩问自己的心弦：故乡是什么？故乡于自己又是什么？

其实，概念上的故乡是不存在的，至少是没有意义的，故乡应该存在于每个人的心中。对我们每个人来说，因为那里有自己的父母，有曾经生活过的祖先，有自己学习的身影和劳作的心酸，有自己的欢喜和泪水，有自己的爱和恨，所以才有了故乡。

现实中的故乡可以消失得无影无踪，但心中的故乡将像爱一样伴随自己的终生。

过易水

汽车在高速公路上飞驰着。因为有担心的事，所以没有一点儿心情看风景。即便如此，道路两旁熟悉的景色有时也会自然而然地映入眼帘。来到易水附近的时候，已经是傍晚七点半左右了。风很大，不知从哪里吹来了厚厚的黑云，看样子马上就要下雨了。阴云正气势汹汹地压向黑暗的山脉顶端，山下古老的易县县城仿佛要被挤压摧毁了。我想起了李贺的“黑云压城城欲摧”的诗句。就在这样想着的时候，我忽然看到云与山之间的缝隙里喷出了火红的夕阳。夕阳就像正在美丽中凋零的花一样，想竭尽全力留下即将坠落时的光辉。

这一幕只是一瞬间，但却深深地烙印在我的脑海里。啊，多么壮观啊！

看着逐渐变暗的天空，我突然想起今天是农历十三。晴天的话，月亮应该已经出现了。最近天气不好，加上自己很忙，所以好几天没有看到月亮，我一边开车，一边感到有些遗憾。

故乡离得很近。然而，它离自己居住的城市却越来越远。一方是过去，一方是现在；一方是幼年时代的我，一方是中年的我。突然想起少年时代在易水河中游泳的情景，现在的自己似乎正是在从前和现在这条时间和空间的河流里游来游去的，自己也不知道彼岸在哪里。一种家园失落感忽然从心里涌出，自己不过是河里的一个水泡而已，总有一天会破灭的。现在暂且与浪花一起随波逐流吧。

归易州思

四十一年了，自离开后，就再没有认真看过这座小城。

每次路过，都是行色匆匆，回望一眼，却没有看清它的面容。

每到其他的地方，总是希望看新的，只有来到它的身旁，才盼望看到旧的。

初夏的清晨，天亮得很早，我离开还在熟睡中的医院，来到了小城的大街上。就像久别后的重逢，我怀着期待和忐忑的心情，想看一看那曾经熟悉的面孔。

风很凉，红日刚刚爬上楼顶。街道上，除了晨练和遛狗的行人，依然是冷冷清清。

我独自走着，努力寻找着，甚至想从空气中嗅出一些那时的气味。但走了很远，却丝毫没有发现往日的旧影。邮局、法院、体育场、回民街、衙门口、大礼堂，那一个个熟悉的名称和建筑物，还有那些记忆中的事和人，无论是砖石还是草木，也不管是固体的还是鲜活的，都已经淹没在时光的洪水中，消失在岁月的大海里。

或许它们也想留下，但时间是不容情的。留下的只能是回忆，是埋藏在心底的一个个回忆，沸腾的像青春的热血，冰凉的像老年的心绪。我一边走，一边看，一边翻动着脑海中的幻灯片，一张、两张……都被岁月的雨淋湿了，都被时光的风吹走了，剩下的只是零零星星、空空洞洞、模模糊糊的回忆。

土地还是那块土地，天空还是那片天空，但房屋没了，街道变了，人也不在了。我感到一种莫名的惆怅。

这个地方——我曾经学习和生活过的小县城，如今已经陌生了。我只不过是它身旁的一个过客，就像一个追逐猎物或果实的动物，为了生计，不断地迁徙着。忽然，我又想起了我现在居住的城市，我明白，这里已经不属于我了，我的一切应该在那里了。

走着走着，街上的人渐渐多起来了。我坐在了一个小吃摊前，要了一份牛舌饼和一碗小米粥，慢慢咀嚼着，还是想咂摸出儿时的滋味。但是，记忆中的味道淡漠了，只有耳边不时传来摊主夫妇地道的乡音，还是那么亲切和熟悉。

此时，坐在吃早餐的人群中，我心中竟然产生了一种“身在异乡为异客”的孤独感。我知道，我想家了，是想我现在的家了。

吉
庆
有
余

第二篇

故乡的年

春节和元旦

小时候，老家把元旦叫“阳历年”。阳历年不放假，也不庆祝，甚至连吃顿节日饭和节日问候都没有。它只是一个时间节点，告诉人们离过年不远了。可是，来到城市以后，阳历年也会放假，而且人们也互致问候。每当我收到“新年快乐”等祝福的时候总是有一些小小的困惑。因为在我的心里并不认为这是在“过年”，而且一年中过两次年既不合逻辑又是对“年”的不敬。所以每次过阳历年我都只说“元旦快乐”，到春节才说“新年快乐”。这样的想法，可能会被说成是固执和学究，但我认为，一个民族是应该严肃对待自己的文化遗产的，否则随随便便、马马虎虎就会成为“端午节”那样的“遗憾”。春节和元旦，作为节日，虽然都承载着我们对美好生活的追求和向往，但春节是真正的过年，是我们共同的精神故乡和梦想家园。所以，在今天我还是向各位亲朋好友祝福：“元旦快乐！”

腊月二十三

“糖瓜祭灶二十三。”今天，是灶王爷离开凡间，去天庭汇报工作的日子，也是民间俗称的“小年儿”。

人们为了祈求上天垂青人间，只好给点小恩小惠，送点糖果给灶王爷，希望他在玉帝面前多多美言。实际上，灶王爷是最低级的神仙，主管家庭琐事，负责百姓的吃喝拉撒睡，也算得上最接地气的神仙了。如果按现在的行政级别算，还比不上一个村干部。即使上了天，也未必能见到玉帝。可是，神毕竟是神，越是芝麻官越是厉害，老百姓是得罪不起的，万一他在玉帝面前说上一句坏话，老百姓就要遭一年罪。

五里不同风，十里不同俗。我们老家的“小年儿”主要的活动就是“扫房子”，也就是要对家里进行一次彻底的大扫除。这是过年准备活动中最辛苦的一天。早饭后大扫除就开始了，虽然还在寒冬腊月，但也要打开家里所有的门窗，把被子、褥子、衣物等统统搬到院子里。然后从房顶到地面、从炕头到锅台，都要彻底打扫一遍，就连锅底灰也要铲干净。有时候忙活一整天，中午只好吃口冷饭。小时候对这些很是不解，曾经抱怨为什么在这么冷的天进行大扫除，可后来看母亲一脸虔诚的样子，也就只好跟着做了。

虽然现代人都不再迷信了，人们大扫除也不再是为了让灶王爷上天言好事。但是，保持对自然的敬畏，保持对善良的褒奖，保持对幸福的追求，无论什么时候都是不能改变的。所以我还是要说：亲爱的灶王爷，拜托了！见到玉皇大帝，可别瞎汇报，一定要多言好事，保佑好人平安！

杀猪

杀猪炖肉是儿时记忆中的“年味儿”之一。清早起来，几个壮汉下到猪圈，在“肥猪”歇斯底里的嚎叫声中将其抓住，用麻绳捆住前脚和后脚，抬出猪圈放到平板车上。抵抗无效的猪只好喘着粗气任人摆布了。设置在村中央的一个破院子里的屠宰场，已经有十几头甚至几十头猪在那里排队了。大铁锅里的沸水冒着热气，屠夫满脸杀气拎着锋利的杀猪刀。大人们有的忙着烧火加水，有的笑着评论猪的分量、肥瘦，孩子们有的瞪大眼睛看着血淋淋的场面，有的则提着猪尿泡制作的灯笼追逐打闹。猪的号叫声和人的欢笑声构成了一幅热闹的画面。这时候，人们关心的不再是猪的命运多么悲惨，而是过年的欢乐和对肉香的期盼。

如今，我们依然在吃猪肉，而且不仅仅是过年吃，几乎天天都在吃。可是，杀猪炖肉的“年味儿”却早已烟消云散。现在的孩子如果目睹那杀猪的场面或许会成为一个“素食主义者”。但是，热闹的杀猪场面和家家飘散的肉香永远是我心目中的“年”！

做豆腐

所谓的“年味儿”少不了“做豆腐”。

做豆腐首先要将黄豆磨成豆浆。小时候曾用过那种“石磨”，现在只能在博物馆见到。将两个石磨盘叠加在一起，上面的磨盘有两个装置：其中一个是在磨盘中央有一个放黄豆的小孔；另一个位于磨盘的边缘，在一个较粗的石孔上固定着一只短木棍，它的上端被套在另一个动力装置“推架”的一头。“推架”是一个长三角的木质结构，类似架在腋下的拐杖。“推架”的小头连接着磨盘，大头是推磨的手柄。当人推动“推架”时，它便带动磨盘旋转，磨盘便可以将黄豆磨碎。

这种最原始的磨制豆腐的装置，有幸被幼小的我赶上了。黄豆需提前泡软。在磨制的时候至少需要两个人，一个人添豆子，另一个人推磨。虽然幼小的我推石磨很吃力，但因为是“男人”，自然就要承担的。

经过石磨加工出来的就是生豆浆。将这些生豆浆倒入纱布包，直接揉压，过滤到锅里，然后煮沸，就成了我们平日喝的豆浆了。喝的时候可以加上些许白糖，也可以喝原味的，对于我们这些孩子来说，这可是一大美味，热乎乎地喝上一大碗，顿时可以让人忘记推磨的辛劳。

点卤水可是个技术活，小孩儿是不让碰的，因为卤水有毒，《白毛女》中的杨白劳就是喝卤水中毒而死的。将几滴卤水滴进锅里，眼看着豆汁儿慢慢凝固。这时候盛出一碗，放些盐、香油和香菜等佐料，就成了鲜美的老豆腐了。将点了卤水的老豆腐放在纱布包和木板上继续凝固，就是我们平日吃的豆腐。

现在过年，人们不用自己做豆腐了，但我更加怀念那个做豆腐的过程，也更馋那时的豆浆、老豆腐和各种豆腐菜肴。在我的心中，做豆腐是我生命中永远的“年味儿”。

拜年

在我的家乡，拜年是男孩子的事，女孩子是不拜年的，她们结婚以后才开始拜年。

自己大概从一记事起就开始拜年了。记得第一次去拜年之前，先由母亲教给了拜年的方法，比如怎么说拜年的话、怎么磕头等，而且还在家里先给父母演习一遍。吃完饺子，换上新衣服，母亲又反复叮咛之后，我就开始走家串户拜年了。这时候，天也就是刚蒙蒙亮。

拜年要先去宗族里辈分最高的人家。一进院子首先要大声说明来意，面带喜气儿，待主人迎接进屋之后，开始拜年。拜年先从祖宗牌位开始，然后按辈分大小依次跪拜。给祖宗必须四磕大拜，也就是磕四个头，前后各作揖一次；给长辈一般只需磕三个头，不用作揖；至于同辈兄长一般不磕头跪拜，只是鞠躬就可以了。拜完年，主人会奉茶、递烟、剥糖果、嘘寒问暖，有的还要给一些压岁钱。

每年春节的拜年活动，从宗族到亲戚大概持续到正月十五，是过年的一个主要活动内容。

我从大学毕业乃至参加工作、结婚生子之后，每年都要回乡拜年，但是近几年，父母搬离了老家，自己也年长了，再加上居住分散且宗族观念的淡化，拜年也就少了。几十年过去了，如今自己也到了接受晚辈们跪拜的年纪，真是岁月如梭啊！

现在的城市基本没有了农村拜年的习俗，也让人生出一些怀念。实际上，所谓拜年，就是一种宗族意识和宗族内等级秩序的认同。它是过去几千年维系我们社会稳定的一种黏合剂，可以增进感情，化解矛盾。拜年也是一种文化习俗，我喜欢那种庄重感和仪式感，更喜欢那种气氛的祥和与欢快。

压岁钱

过年的时候，晚辈或孩子们给长辈拜年，总能得到一些红包，也就是所谓的“压岁钱”。

记得小时候，大年初一要早早起床，据说谁家的烟囱冒烟早，庄稼就长得好。于是母亲早早起来煮饺子，等天刚蒙蒙亮就开始拜年了。拜年以本族长辈为主，只要有长辈就要去拜年。这时候一些年长的老人总要给我们几毛钱的压岁钱。一上午最多可得到块八毛的。等高高兴兴回家后母亲就非常关切地问：都去谁家了，谁给了多少压岁钱，等等。最后又用商量的口吻说：我给你把钱存起来吧，别丢了，以后好用它买笔、本子什么的。觉着母亲的话也有道理，万一丢了怎么办？于是就放弃了用这笔钱买鞭炮、小人书之类的美好计划，如数上交了。直到后来才知道，母亲也是另有打算的。因为那时候大家都不富裕，父母或许还要用这些钱给别人家孩子作压岁钱。所以后来我对压岁钱也就没有什么期盼，因为那钱不过是经过自己的手而已，是没有支配权的。

过年、收压岁钱应该是非常喜庆的事。可是，随着年龄的增长逐渐明白，“年”和“岁”并不是什么好东西。因为过一年就要长一岁，人的寿命就减去一年，而且如果是孩子的话，一旦出现灾害或疾病就有可能夭折。因此放鞭炮也好，给压岁钱也好，与其说是庆祝，毋宁说是为了驱逐邪祟，保人平安更符合其原始意义。压岁钱的本意也是长辈对孩子平安成长的一种期盼。

但是，看到当今富足的人们成百上千，甚至把上万元的压岁钱给了尚不谙世事的孩子，多少有些变味儿的感觉。而那些成人之间传递的“红包”，如果背离了其相互祝福、传递友情的意思，多少都带有市场经济下金权主义的“异化”味道了。

过年串亲戚

在我的老家，走亲访友叫“串亲戚”。“串”字的语源和意思没有考证过，大概是串联、联系的意思吧。“亲戚”自然是具有某种血缘关系的亲属，比如“爹娘亲”“姑亲”“舅亲”“姨亲”

等。正月是串亲戚的高峰期，一来是过节，要拜年；二来也是农闲期。从大年初二开始，乡村路上川流不息的都是串亲戚的人。大家穿上新衣，带上礼品，有的骑自行车，有的步行，还有的坐上毛驴车，背大抱小，喜气洋洋，匆匆忙忙穿行在串亲戚的路上。

最喜欢串亲戚的应该是孩子们。因为去亲戚家能吃上好吃的，关系好一点的还可以得到压岁钱。热情好客是我们的传统美德，亲戚来了，一定要准备最丰盛的饭菜，甚至是自己家都舍不得吃的。这样孩子们就可以大快朵颐了，说白了就是解馋。如果是至亲还可以小住几天，天天享受客人的待遇。

因为父母的弟兄少，我家的亲戚不算多。但加上一些远房亲戚，算起来也有十几家，所以从大年初二到正月十五几乎每天都在忙着串亲戚。由于性格内向且不善言辞，我对串亲戚并不是很喜欢，总是把机会都让给喜欢串亲戚的姐姐和弟弟、妹妹，所以在享受客人待遇方面也吃了不少亏。直到现在，不善于社交和言辞的毛病仍然没改，即使过年也喜欢一个人待在家里，或许也正因为如此，在人生路上吃了不少苦头。

过年串亲戚实际上是维系和加强血缘关系的一种行为和手段。对于孩子来讲，也是锻炼社交能力和增长知识的好机会。如果不是串亲戚，或许我们连走出村子的机会都很少，更难以叫出那些七大姑八大姨的复杂称谓了。几十年过去了，亲戚越来越少了，串亲戚的交通工具也用汽车代替了自行车或步行，但我依然怀念旧时过年串亲戚的时光。

看戏

看戏，也是正月的一个重要年俗活动。小时候，我特别喜欢看戏。为了看戏，有时候冒着风雪严寒，在漆黑的夜晚，步行到七八里，甚至十几里以外的邻村，而且一看就是几个小时，双脚连冻带累又酸又痛。即使如此，也难以割舍我对戏曲的痴迷。记得十岁左右，有一次正月里去邻村看戏，因为害怕，邀上了几个小伙伴同去。等戏散了，已是三更半夜。由于过于专注，没有发现小伙伴们已经早早回家了，周围人影稀疏，没有一个同伴。无奈，只好一个人回家。刚过春节，天寒地冻，北风瑟瑟，我走在田间的小路上，周围一片漆黑。由于从小听了许多关于鬼的故事，平时到了晚上一个人连家门都不敢出。此时的我，只有十来岁，走在深夜的旷野中，害怕程度可想而知。记得那天晚上简直就跟丢了魂儿一样，几里远的路好像走了半年的时间。这件事虽然已经过去了几十年，那天晚上看的戏名也忘记了，但那种恐惧却刻骨铭心。

“拉大锯，扯大锯，姥姥家，看大戏。”看戏，几乎是那个时代人们唯一的一种文化享受。到了今天，这些耳熟能详的童谣基本听不到了。

今天去大汲店村偶然看到了搭台唱戏，很是激动，要不是家人的催促，恐怕我又要看到三更半夜了。

骑马

老家是北方农村，过年的时候有骑马的习惯。小时候非常羡慕大人们骑马，于是趁老饲养员睡着的时候，偷偷将生产队的马牵出来。这匹马是生产队里最好的一匹大花马，体形高大，性情温顺。但由于主要用于拉车和耕地，或许一身的才能都被埋没了。拉好缰绳，没有马鞍，这叫骣骑。初生牛犊不怕虎，十几岁的我竟然敢一个人骑着马在冬天的麦田里飞奔，现在想起来真有些后怕。当然，也从马背上摔下来过，为此挨过父母和饲养员的责骂，但今天敢再次骑马奔驰还有赖于小时候的骑马经验。

骑马首先需要一颗勇敢的心，其次要有征服马的欲望，但我认为最重要的还是一种对新事物的强烈好奇心。今天第一次骑上带有马鞍的专业赛马，总算圆了自己少年时期的梦想。

酒席的座次

小时候，在老家农村，过年的时候亲朋聚会，都要摆酒席的。根据客人的层次和事情的重要程度，酒席的规格或等级也不一样。比如十二八、八八以及六六等。但是，无论酒席规格如何，座席的次序是有一定规矩的，即按辈分的长幼排座次。这样一来，辈分低的小孩儿很难坐到上座，甚至不能入席，所以在我的记忆里，很多时候都是吃些残羹剩饭。

现在不同了。过年参加了几次不同内容的聚会，吃了几次

“酒席”，但有些感受还是想跟大家分享一下。比如有些家长竟让年幼的孩子坐在上座而让长辈作陪，还有一些朋友或同学聚会中也不再按年龄排座次，而是按照在单位的官职或拥有资产的多少，也就是根据权力和金钱安排座次的。

或许我们无法用好坏来对过去和现在的酒席座次进行简单的价值判断，但是长幼次序的颠倒以及酒席宴上折射出来的无处不在的权力和金钱的影子，让人难以消受。

饱食的时代，切不可精神贫困或六神无主。

丢百病

在我的老家，正月十六，是丢百病的日子。到了这天晚上，人们把炒花生、炒黄豆或炒瓜子之类的坚果，放到衣服兜里，一边吃一边丢在道路上，祈求一年没病没灾。天气已经转暖，只见皎洁的月光下，或一群或三三两两，人们有说有笑，在街上边吃边丢。更高兴的是孩子们，可以追逐打闹，自由地玩耍。

到了城里，我曾多年保持着这种习惯，一到正月十六，一家人就会去丢百病。昨天也想出去，但见空气污浊，又没有月亮，于是打消了这个念头。

为了弥补一下，今天早晨早早起来就出门了。虽然阴着天，没有太阳，但空气湿润，河柳绿意萌动，大地万物复苏，已是一派初春的景象。

希望丢掉疾病，丢掉不快。希望父母，希望亲人，希望所有的人健康快乐！

放风筝

早报春的不是微微的南来风，也不是金灿灿的迎春花，而是空中飞舞的风筝。

一根细线牵在手上，无论是蝴蝶还是飞鸟，也无论是布做的还是纸糊的，只要有风，它们就会翩翩起舞，飘向高空。

放风筝实际上是在放飞梦想和心情，所以要在晴好的日子，走到公园或旷野。家人和朋友放飞的是亲情和友谊，恋人放飞的是浪漫，而孩子们放飞的是憧憬和梦想。有时候，我们经常看到一些老年人在公园里独自一人放风筝，他们技艺高超，全神贯注，但我觉着他们（实际上也包括我）玩儿的不仅仅是技术和兴趣，而是在放飞寂寞，放飞孤独，寻找着青春的记忆和影子。

风筝是最早的报春者，因为即使是冬天，只要风和日丽，它们就会点缀天空，会让我们从它们那欢快的舞姿中感觉到春天和温暖。

风筝线是人和自然的信息传递员。但是也不要过分担心线断，假如风筝线断了，那可能说明是我们和自然之间的信息交通员休息了，就像手机没了信号或断了电源。自由、解脱，让我们的心也放飞一次，像白天鹅一样，悠悠的，轻歌曼舞。

我去过好多名山大川，也邂逅过许多美丽，但是，当见到风筝的那一刻，一切都化为了乌有。我无法述说，只感觉我们的这次相见仿佛隔了几个世纪。

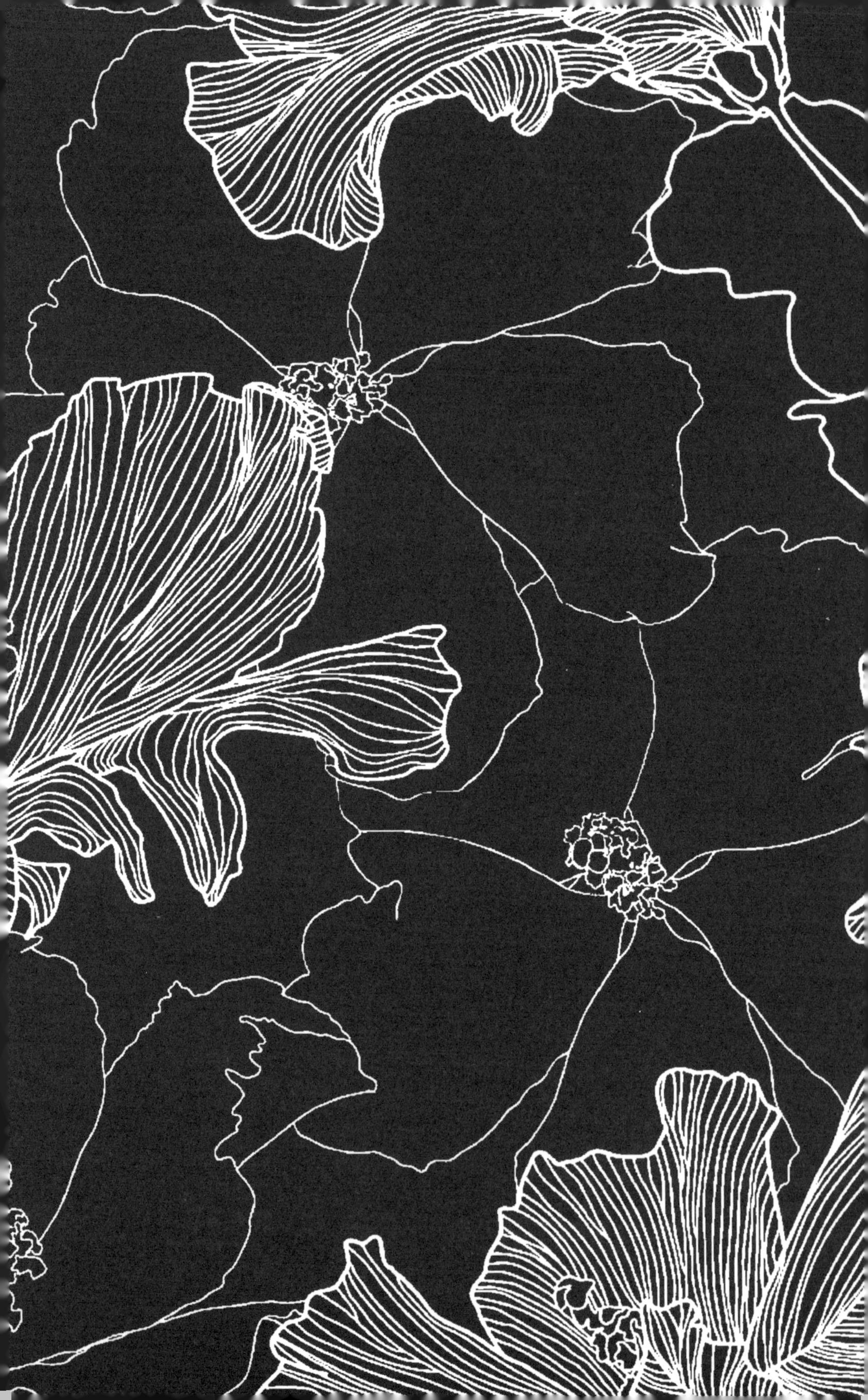

第三篇

我的风花雪月

花开门前

仅仅几天的时间，图书馆旁边的桃花就凋谢了，独自一人目睹着花开花谢，心念着桃花生命如此之短暂，不免有些小小的伤感。或许有人会笑我多情，也或许有人会对我的伤感嗤之以鼻，但想起我们人类的生命，虽说有百年之长，可对于浩渺的宇宙来说，岂不也只是一瞬吗？比之桃花，我们的人生怎么能说灿烂辉煌，我们能够那么绚烂地开放、单纯地美丽和悄无声息地离去吗？

今天，图书馆前的玉兰花又开了，比之桃花，大瓣的紫色花朵映照着晴朗的天空和图书馆的红墙，显得格外奔放和大气，让观赏者也喜不自禁。如果说桃花是温柔清秀的小家碧玉，那么玉兰花则是浓妆艳抹的大家闺秀，展现的是一种热情奔放之美。但是，和桃花一样，用不了几天，玉兰花也终会香消玉殒。但是，作为花，只要开放，它们就不会扭扭捏捏或矫揉造作，而是大胆

地盛开，热烈地炫耀，单纯地快乐和愉快地美丽！

能够在这苦闷的疫情中，欣赏着这样的桃花和玉兰花，我为自己而庆幸！

花赏半开

经常听人说“酒饮微醺，花赏半开”这句话。前半句大概是说饮酒不可不醉，也不可大醉，微醉才是恰到好处。人们大多有过喝酒的经历，如果不尽兴，喝酒就失去了其本身的乐趣。但如果饮酒过量，喝得酩酊大醉、人事不省也不好，那样不但伤心伤身，而且还会伤害别人。只有微醉，也就是微醺，方是饮酒之道。微醺既能体会饮酒之乐，又能增进友谊，联络感情，正所谓小酒怡情。

赏花也是如此。许多人喜欢花开烂漫，繁花似锦，那样固然是美，却不能说是得赏花之妙。其实，赏花也是半开的时候最好。因为半开的时候，虽然没有达到美的极致，但花朵中隐含着一种盛开的潜能和希望，让人对花的未来充满美好的憧憬和期待，而且在没有露出的花瓣和花心中，隐藏着某种神秘，吸引着人的好奇心。所以，真正懂花的人，往往在半开的时候才去赏。这样，不但花美得含蓄，美得雅致，而且也显示出赏花人的谦恭和克制。花赏半开，体现了花与人的一种相互欣赏，相互尊重的关系。

年轻的时候，曾经为酒伤心伤身，如今的我只选择微醉；以前赏花，总喜欢花团似锦，鲜艳灿烂，而现在更多的时候，我只选择花在半开时，而且最好是在半阴天或一早一晚。这种时候，不仅视觉效果和心灵体验极佳，而且花和人，都显得恬淡优雅，可得赏花之妙。

仔细想想，“酒饮微醺，花赏半开”这句半是调侃之言，其实隐含着人与物、人与自然，以及人与人之间的某种和谐共生关系。这或许正是我们的先辈所主张的中庸或天道吧。

当然，这种想法，并不一定适于所有的人和所有的时候。譬如，我认为年轻人，无论是男还是女，一生中总要有大醉的经历和烂漫的花期，因为这是生命中的必要过程。只有到了成熟的年龄，才能回望来路，慢慢体会微醉的醇香和半开的美丽，那应该是人的一种审美回归吧。

小花小草

今晨，当我漫步在春晨的花园里，尽赏桃红柳绿、玉兰飘香的时候，忽然发现在大树底下，几棵羸弱的小草在晨风中颤颤巍巍，头顶着黄豆粒大的小白花，似乎正眼巴巴地看着我。如果不是低头仔细看，几乎很难发现它们，如果不小心，甚至还会无情地踩在它们的身上。

人世间并非事事都是公平的，自然界也是千姿百态。在春天的绿意葱茏、百花缭乱的世界里，小草和小花属于弱势群体，很容易被人们忽视，当然有时也会引起人的怜悯。但是，我们也不用担心，小草和小花并不寂寞。它们相簇而生，结伴而长，享受着属于它们自己的欢乐，完成着它们自己的心路历程。它们用自己的生命装饰着大地的角落，让阳光照射不到的地方和人迹罕至的地方，都有了生机和春色。

“寸草寸心”，我相信，每一棵小草、每一朵小花都有一颗善

良和美好的心。为了感恩这个世界，它们默默无闻，无怨无悔。

请珍惜你身边的那些默默无闻的小花和小草吧！

清晨花开

赏花最好是在清晨。

没有刺眼的阳光，周围也十分安静。从远处望去，满树的花朵如云似烟，一团紫，一片红，与绯红的朝霞和湛蓝的天空相映成趣。走到近前，花儿好像晚上睡足觉的婴儿，此时睁开眼睛，露出了甜美的笑容。花瓣吸足了水分，色泽鲜艳，花蕊精神饱满，晶莹剔透。到处洋溢着青春的朝气和四溢的活力。

不必刻意去闻，一股股芳香，随着温暖的春风扑面而来，沁入肺腑，深深地吸上一口，整个身体好像沉浸在软绵绵的香囊之中，只要闭上眼睛，似乎马上就会甜美地睡去。

花丛是静谧的。但少不了鸟儿的歌唱和蜜蜂的伴奏，高者婉转嘹亮，低者如泣如诉。虽然看不到它们的身影，却传来了美妙动听的和声，与整个树林合奏着春天的优美的共鸣。

不知是谁制造了花，也不知是谁造就了美？

此刻，只想醉卧花丛，做一个悠长的美梦。

桃花与蓝天

今天的清晨属于桃花和蓝天。

桃花，不必盛开，也用不着过于妖艳，不要和丁香比紫，也不要和迎春比黄，可以是粉，也可以是红，但是，不能没有蓝天。

蓝天，用不着那种纯净的湛蓝，也用不着那种深沉的遥远，最好是有一片片淡淡的白云镶嵌，构成一种柔和的陨石色。

粉红色的桃花与陨石色的天空是今晨的绝配。桃花开放在蓝天的怀中，多了几分娇柔和妩媚；蓝天拥抱着桃花，增添了无限的温情与浪漫。

没有蓝天的桃花显得孤单寂寥，没有桃花的蓝天显得单调枯燥。桃花映衬着蓝天，蓝天抚慰着桃花，这是一幅优美而饱含深情的画，是春天送给人间的礼物。

花前月下

一说起“花前月下”这个词，心中总是生出一种厌恶的感觉。因为小时候，“花前月下”是被当作资产阶级或没落的反动统治阶级的生活方式进行批判的。这种观念已经被灌输到自己的大脑中，并形成了一种固定的认知模式。所以，后来每次赏花或赏月的时候，都会有一种罪恶感。即使到了今天，也会感到羞怯和不安，仿佛自己变了质，成了资产阶级的纨绔子弟，赏花也只好偷偷地赏。

其实，“花前月下”是一种美好和浪漫的象征，是人们追求美好的一种普遍的心情，它不应该有阶级、年龄和性别的属性。

但是，从审美上来讲，或者说从人的视觉上来讲，我对“花前月下”是怀疑的。因为月亮出来的晚上，即使光线再好，或许也很难分辨出花形和花色的，也只能是在月光下闻闻花香罢了。因此，“花前月下”极有可能是古人的一种文学意象。

但是，今天早晨的景象多少颠覆了我的认知。因为我看到了“花前月下”的一幕。虽然在旭日和蓝天的背景中月亮已经淡然，虽然在略带寒意中的桃花有些可怜，虽然没有了那种浪漫的氛围和情感，但当它们同时出现在我眼帘中的时候，还是让我感到了一种童真的重大发现。

毕竟，我看到了“花前月下”。

海棠花

清明过后，海棠花盛开了。比起桃花和玉兰花来，海棠花绝对是一个化妆大师。她的花心洁白如玉，花瓣的边缘略带着一些粉红色，整个花朵就像白皙的脸蛋儿上略施了一些腮红，不但清新亮丽，而且温柔含蓄，还不失娇羞妩媚。再加上茂密的花朵之间点缀上一些新鲜的嫩叶，使得整棵树木不但端庄秀丽，还透露出一些少女般的俏皮。

桃花红是红了些，也非常艳丽，但一味地红或一股劲儿地粉，色泽毕竟有些单调，而且她的美在娇滴滴中显示着一种舍我其谁的霸气，看久了，难免让人感到一些疲劳和压抑。玉兰花虽然花瓣厚重，花色朴实，但仔细看去，缺乏细腻，更少了一些含蓄。

比较起来，我还是更喜欢海棠花。如果淋上几丝春雨或挂上几滴朝露，就再好不过了。

赏樱

今天，朋友圈里，樱花的照片像雪片一样飞来。福冈的、京都的、东京的，河边的、湖畔的、公园的，一张张的照片，犹如一幅幅的图画，美得让人惊叹，让人陶醉。

樱花是日本的国花，是日本的象征。据说樱花树的栽培是从中国传过去的，但樱花树的种植在中国并不普遍，反而日本却成了樱花的国度。从日常生活中的赏花习俗、樱花服饰、樱花食品，甚至是樱花的名字，到艺术中的诗歌、散文、绘画、雕塑等，在日本这个国家处处都有樱花的影子。可以说，日本人喜欢樱花，而樱花也已经成为日本人的一种审美情趣和精神象征。

我喜欢樱花，首先在于它美在一种气势。樱花盛开的时候，像云，像海，花浪翻滚，遮云蔽日，美出了一种霸气，一种豪放，一种舍我其谁。

我喜欢樱花，还在于它的纯粹。它拒绝不纯、拒绝杂质，拒绝虚伪。它要美得纯洁，美得一尘不染，粉则如朝曦，红则如夕阳。

我喜欢樱花，更在于它美得高雅。它拒绝平庸、拒绝低俗，更排斥下流。它是花中贵族，决不与土豪和哗众取宠同流合污。它的妖艳是为了美得极致，它的孤独是为了保持美的品质。

樱花，鄙视猥琐，鄙视丑陋，鄙视伪劣。

樱花偶遇

今天，来学校本部，我又遇到了樱花。

上午，接到了开会的紧急通知。当我急急赶到本部，奔向会场的时候，不经意地一抬头，发现主楼旁的毓秀园中，一片粉色的花，像一团云雾一样，飘在花园一隅的上空。没错，是那几棵传说中的樱花开放了。或许是保定樱花的稀有，抑或是自己对樱花的某种特殊感情，我不由自主地跑到了樱花树的近前。

樱花还没有全部盛开，有一半的花蕾还在含苞待放。尽管如此，樱花已经像成熟的少女一般，展现出了她丰盈的身姿和灿烂的笑容。置身于烂漫的樱花树下，就像被一支偌大的花伞笼罩着，又像是被一团暖洋洋的花絮包裹着，整个身心有一种说不出的陶醉感。

在其他的各种赏花活动中，往往花是花，人是人，人和花有着明确的主客之分，但赏樱花却不同。当人站在樱花树下的时候，人和花几乎融为了一体。人即是花，花即是人；人在赏花，花也在赏人。樱花仿佛有一种消解人花界线的魔力。人在樱花树下，仿佛自己也变成了樱花，心中自然荡漾出一种幸福和美好，达到一种忘我的境界，大有庄周梦蝶之感。或许，这也是日本人迷恋樱花的原因之一吧。

细思起来，其实，无论是何种赏花，并不仅仅在于花之美，还在于赏花的人要有美感，要有一颗美好的心。

马上就要开会了，我止住了胡思乱想。但是，短短的几分钟，我真舍不得离开这片樱花。我想看着樱花的笑容，听着樱花的笑声，闻着樱花的清香，在樱花树下甜甜地酣眠，而永不复醒。

玉兰花赞

在料峭的春寒与温暖的东风所编织成的北国早春中，玉兰花又开放了。

一树一树，或洁白如玉，或紫红如玛瑙；一朵一朵，或烂漫如佳丽之笑，或妩媚如少女之羞，点缀着早春的碧空，撩拨着人们的春心。

年年看，看不厌；岁岁赏，赏不够。

如果说我花中独爱玉兰，似乎也并非如此，但是，如果说玉兰花是我的最爱，似乎也并不为过。

玉兰花生于树上，需仰视而观，却又不同于桃李杏花之流，

密密匝匝，熙熙攘攘；也不似迎春、月季等草本花类，需俯视而赏。她一花一花，独自开放，秀丽挺拔，尊贵典雅，似花中君子，又如美中婵娟。

站在玉兰花下，她的美丽竟让我无法形容和表达。

我想把她比作北方的姑娘，美得爽快，笑得豪放，没有矫揉造作，没有装腔作势，在对春天的表白里，从不拘于小节；我想把她比作南方的女子，秀外而惠中，文静而多情，她的花容里总是带着丝丝的忧郁，而温柔已经渗透在了她的骨子里。

很快，在仲春到来之前，玉兰花就要凋谢了。但是，用不着悲伤和惋惜，因为，她那美丽的花魂，已经深深地铭刻在了我的心里。

蒲公英

第一次知道蒲公英的名字，是通过在日本看到的一部电影，电影的名字就叫《蒲公英》。因为只看了一个片段，剧情也没有了解很清楚，大概描写的是一个平凡而坚强的女子经营拉面馆的故事。由于工作繁忙和生活艰辛，慢慢地也就把这部电影忘记了。最近，偶然一次机会，我到郊外游玩，遇到了一种不知名的植物，有的开着黄色小花，有的长着一个白色小绒球，觉着很是可爱。朋友告诉我那就是蒲公英。联想起电影里看过的那个片段，蒲公英便深深地印在了我的脑海里。实际上，小时候似乎也见过蒲公英，只是因为她开的小黄花类似苦菜花，所以一直就把她当作苦菜花了。现在想起来很为小时候的无知而羞愧，也为对蒲公英的忽视而内疚。

蒲公英是一种很普通甚至是很容易让人忽视的草本植物，叶子类似苦菜，春天开花。不论土地的肥沃与贫瘠，只要给点阳光雨露，她便开满田野、山坡、河岸。待到花谢之后，便生出一个白色的娇小的绒球。风一吹，白色的绒绒便轻轻随风而起，飘落四方，蒲公英的种子也会遍地播撒。蒲公英坚强而不娇贵，美丽而不张扬，她不嫌贫爱富，虽弱小却充满爱和活力。当盛开的时候用娇小的身体装点大地，当花期过后则化身为细小的毛羽，自由飘舞，遍撒种子。

他花作春泥，我花撒生命。

我喜欢蒲公英的美丽，更喜欢她的平凡和低调。

槐花香

在我的心目中，槐花，是最亲切的。

当杏花、桃花和梨花等初春的花纷纷凋谢，长出小小的青果的时候，槐树却似乎无动于衷，她谢绝了春风的好意，也没有迎合春光的热情，就那么静静地等待着。伸向空中的枝杈与百花缭乱的周围世界显得极不和谐，倔强中似乎还带着几分寂寞。

记得小时候在农村，当某一天的清晨，刚刚睁开眼睛，意识还没完全清醒的时候，突然会有一股浓郁的花香飘进窗子里来。原来，是槐花已经开了。花香乘着夜幕，透过薄薄的窗纸、穿过木质的门缝，悄悄地钻进屋里，缭绕着人的梦。

推开门，院子里的洋槐树上挂满了洁白的槐花，抬眼望去，墙外邻家的槐花也开了。花香四溢，飘满了整个村庄。

槐花，是夏天的信使，是初夏的情人。

这几天，楼前小土丘上的槐花渐渐地开放了。虽然不及桃花的鲜艳、杏花的灿烂，但一串串洁白的或粉红的槐花掩映在嫩绿色的槐树叶中，在蓝天的映衬下，也别有一番情趣。尤其是傍晚，当太阳刚刚隐去，暮色悄悄降临的时候，暖风习习，吃过晚饭的人们纷纷走出家门，大人们三五成群地聊着天，孩子们追逐玩耍着，一阵阵散发着浓郁甜味的槐花香随风飘来，让整个世界都沉浸在一种温柔甜美之中。在这时候，我喜欢一个人坐在小土丘的石凳上，看着夜色从槐树梢上渐渐向地面围拢下来，楼宇和各种建筑物都淹没在黑暗中，不远处亮起了一盏盏微弱的灯光。天渐渐晚了，大人和孩子们都陆续地回家了，周围忽然安静了下来，小土丘上只剩下了我自己和悠悠飘散的槐花香。我闭上眼睛，让整个身心都沉浸在神秘的夜色和温柔的花香中，似乎忘记了是现实还是梦境。多少年后，再遇槐花香，微风和花香带着我又回到了童年的那个农家小院和那开满了槐花的小河旁。踮起脚尖，摘下一串槐花，放到嘴里，轻轻地咀嚼着，于是，全身都洋溢起了初夏的芳香。

夏花灿烂

当春花谢尽的时候，初夏的花儿们也开始次第开放了。

淡紫色的梧桐花、洁白的洋槐花、鲜红的月季花，虽不及春花的灿烂夺目，但显得更加优雅大方。尤其是梧桐花和洋槐花，承载着我们对故乡的思念、对儿时的记忆，是家乡的花，是童年的花，更是心中的花。

每当看到梧桐花开，闻到槐花飘香，有谁不会想起那低矮的农舍和静谧的村庄？有谁不会留恋那简单而快乐的时光？

又是一年梧桐紫，又是一年槐花香。

梧桐花、槐花，是暮春的魂魄，是初夏的精灵，是我们童年的诗和画，是看得见，闻得到，摸得着，却永远回不去的精神故乡。

松花

在华北平原上，松树算得上是树中的贵族。松树木质坚硬结实，树干挺拔，树叶终年常绿。正因为这些特征，松树常常被用来形容人的坚毅品质，也寓意人的长寿或江山的长久。

以前，松树是很少见的，而且大多生长在陵墓旁边或寺院门口。给人一种庄严、肃穆的感觉，仿佛与人的世界保持着距离，一点也不亲切。所以很多时候，我看到松树总是敬而远之。

今天早晨，各种花卉都凋谢了，正百无聊赖地走在公园里的时候，不经意间发现松树开花了。松花底部大，上部小，整体像一座塔形。淡黄色的花朵上，花瓣像粘上去的一颗颗黄豆粒，只在花蕊的头上露出两个红色的小点。

作为花朵，松花实在是很一般，既没有大红大紫的色彩，也没有妩媚飘逸的花形。我无法赞赏松花的美，就像无法亲近松树一样。但是，看着那孤零零的松花，又觉得它非常可怜。虽然很孤僻，很肃穆，但看得出，它也在努力开放，努力地释放着青春和美的信息。在暮春初夏的枝繁叶茂中展现着自己灿烂的笑颜。

枣花开了

在我的记忆中，枣花开的是很晚的。当桃花、梨花等早已结出果实，就连槐花也香飘半月之后，枣花才慢吞吞地开放。

枣花的花朵很微小，没有什么香味，而且花的颜色与叶子相近，呈淡绿色，如果不仔细看，很难分辨出哪个是花，哪个是叶。

与其他的花卉相比，枣花的确太普通了，普通得会让人忽视。而且枣树往往生长在山坡、沙滩或房后、墙角，因此枣花很少有机会登上大雅之堂。

但是，在我的心目中，枣花却十分可爱。我喜欢她的诚实和低调，喜欢她的朴素和亲切。她放弃了奢华，放弃了花枝招展，放弃了绚烂的色彩和舞台，搭着季节的末班车，怯怯地问候着初夏的风云和太阳。待到中秋时节，她送给人们的是香甜的大红枣。

有时候我想，漂亮并不等于可爱。漂亮是一种外形，可爱是一种气质；漂亮源于天生，可爱是内在的修为。

枣花，开得迟，却美得长久。

蜀葵花

当月季花跟在五月的身后，脸上带着迷人的微笑，和我们依依惜别的时候，蜀葵花正牵着六月的手向我们悄悄走来。

月季花很美，就像浓妆艳抹、精心修饰的少妇，艳冠群芳，被人们栽植在花园里、景观带，处处享受着赞美。

与月季花相比，蜀葵花更像隔壁的农家大姐，她随意生长在房前屋后，不受任何拘束，随着茎秆的生长，肆意地开放。虽然不及月季那么娇媚艳丽，但也没有月季的那种矫揉造作。蜀葵花的骨子里透着一种朴实，一种自然，一种乡野风情的天真烂漫。

如果说月季花是五月的温情，那么蜀葵花就是六月的火热；如果说月季花是暮春的温文尔雅，那么蜀葵花就是夏日美丽的泼辣；如果说月季花是你舍不弃的春宵旧梦，那么蜀葵花就是吹在你面颊上的夏日风情。

荷花开了

从六月初的荷叶初萌，到中旬的小荷尖尖，再到如今的叶丰花满，守望这片池塘，追逐这片荷花，已经一个月有余了。可是，最近不得不远远地观望荷花，默默地离开这片池塘了。

在小荷刚露尖尖角和荷花刚刚开放的日子里，荷塘鲜有人至。清晨，伴随着旭日东升，沐浴着微微的清风，可以和水面、荷叶、荷花共享静谧和安详。那一刻，时间凝固，岁月停滞，是生活和生命中最为奢侈的时光。

但是，最近几天，每当自己兴冲冲地赶到池塘边的时候，总发现那里已经人头攒动。隔着人或者一架架广角照相机的缝隙望过去，发现荷花更加美丽、迷人。

荷花似乎跟观赏者们正在进行着兴高采烈的互动：荷花像演员一样展现着自己美丽的身段和容颜；观赏者们则使出浑身解数，发掘自己所有的艺术细胞和想象，用先进的技术手段聚焦着花蕊和花瓣。

但是，不知为什么，我止住了脚步。我没有心思附和着众人蜂蝶般的心态去欣赏，去为荷花喝彩。我也不想用艺术或技术对荷花进行唯美或科学的分解。我只想和池塘、池水、荷叶、荷花、莲蓬，默默地对视，让时光慢慢地流逝。

我感到了淡淡的失落。于是，我收起落寞的目光，转过寂寥的身体，悄悄地离开了。或许，当秋风吹起，或天寒地冻的时候，当没有一个看客，荷塘恢复平静的时候，我会再悄悄地走来。

牵牛花（一）

牵牛花是一种遍地开放的小野花。烈日炎炎的夏季，在田间地头、房前屋后、草丛树下，到处都能看到它们的身影。

牵牛花的别名也叫朝颜。朝颜似乎更能体现它的特征。因为它早晨逐渐开放，像初妆的粉红色少女的脸，迎接白云，迎接蓝天，但一到中午就将花瓣合上，像人一样睡觉休息了。

现在，我对牵牛花越来越喜欢了，甚至到了难以割舍的地步。从七月到八月，在整整一个盛夏，每天早晨都能见到牵牛花。以前我以为牵牛花很不起眼，三五成群，趴在草地上可怜兮兮，而且只有粉红色的一种。可是，最近一段时间，当漫步河堤的时候，我的认知被彻底颠覆了。我看到了红的、粉的、白的、蓝的、紫的牵牛花，使整个河堤充满了生机。以前我不怎么关注花草什么的，但同一品种的花开出这么多颜色也是极少见的，而且立秋之后的牵牛花似乎也越开越大，一个个小喇叭似的花朵点缀着秋野。

牵牛花大多依附或缠绕在其他不开花的植物上，给那些植物增添了许多光彩，但不妨碍它们的生长。花期长，花色多，不选择地方，不怕环境恶劣，不需要人工护理，日落而息，日出而开，这些都是牵牛花的品质和特色。如果一朵独开，则笑傲群芳；如果一起开放，则争奇斗艳，交相辉映。我最喜欢的还是两朵牵牛花相依而生，并蒂开放，像姐妹、像恋人、更像夫妻。

小时候，在我的老家叫它喇叭花，是因为形状像一个小喇叭；上了中学才知道它的学名叫牵牛花；后来在日文里又知道她还有个名字叫朝颜。时至今日我仍然不明白，它为什么叫牵牛花。我只在心里想：牵牛花有长长的藤蔓，紧紧缠绕着所依附的植物，而且她们往往并蒂而生，这难道不是象征着牵牛星和织女星的爱情么？是不是可以叫她们爱情花呢？

当我这样想的时候，我更加佩服我们的古人，也更加喜欢甚至崇拜牵牛花了。牵牛花，超过市花、国花，甚至是郁金香、玫瑰，它是我心中的花，永远不落的花。

牵牛花（二）

到了初秋，很少能看到鲜花了，可是我又遇到了牵牛花。几朵颜色各异的牵牛花，在微凉的秋风中，开在路边的万年青绿化带上，鲜艳夺目，楚楚动人。

牵牛花，像一把倒撑着的伞。如果不仔细看，很容易把牵牛花和田旋花搞混。但比起田旋花来，牵牛花更大一些，直径可以达到两三厘米；颜色也比单一粉白色的田旋花丰富，有红的、粉的、紫的、白的、蓝的，可谓五颜六色；花期也长，田旋花一般只在春夏之交开放，而牵牛花从夏天一直开到深秋，足有半年之久。

但是，仅就花形来说，比起牡丹、芍药、月季等，牵牛花只能算是很普通的花。花形小不用说，也没有那么多艳丽的花瓣和雍容华丽的花姿，给人的感觉就是很单纯的那种美。牵牛花也似乎不大喜欢花坛、公园之类的那些所谓的大雅之堂。它的藤蔓无拘无

束，四处攀爬；它的花朵可以开在山间、丛林，也可以开在田野或路边，是一种自由的花、平民的花。它开花从来没有目的性和功利性，它的美丽从来不张扬，也从不任人摆布，更不媚俗。牵牛花是一种随遇而安的野花，但它绝不是那种没有品味、没有操守的花。她总是伴着晨曦睁开眼睛，对着阳光露出微笑。一朵牵牛花的一生是很短暂的。她把自己的生命定格在日出日落之间，就像清晨的露珠一样，虽然只有片刻的时光，但也要发光、闪亮！

我去过好多地方，也见过许多的花。但是，在我心里，牵牛花，是这个世界上最美的花，最可爱的花。

格桑花

隔了好多天，又想起了那片格桑花。气温只有十几度，阴着天，风凉飕飕的。这样的时节，这样的天气，估计格桑花已经枯萎了。可是，一种不甘心和执念，驱使着我迎着清晨的凉风再去探望那些格桑花。亨利以为是带它去郊游，高兴地撒开丫子，比我的自行车跑得还快。

隔着马路，远远就望见了，它们还在。像一颗颗不同颜色的繁星，在这萧疏的秋色中，点缀着那一片天地。我放下自行车，跨过草丛，兴冲冲地跑了过去。

格桑花的茎已经变得光秃秃的了，叶子也枯萎了，可花依旧顽强地开放着。在枯枝败叶的衬托下，花朵不但显得鲜艳，而且彰显着它性格的倔强和气质的高雅。

今年的夏天初次邂逅格桑花，也是从朋友的微信里第一次知道了它的名字，听说它原本是生在高原上的花，或许正是如此，培养了她耐寒高傲却不张扬的品质。亨利也似解风情似地围着花使劲伸着鼻子嗅着，被我呵斥赶走。我不想让它玷污这高贵的花。

格桑花，在花的世界里并不名贵。这或许是因为她花形偏小，又随地生长的缘故。可是，经过偶然的邂逅和整整一个夏天和半个秋天的观察和接触，我深深喜欢上了它们。美丽而绝不张扬，低调而绝不自卑，娇小中显露着天真，美丽中显示着顽强。

格桑花是外来的花，不知什么时候开始，它来到了这片土地，并悄悄地爱上了这里，用自己的热情和生命，点缀着这里的公园、路边和河堤。

赏秋花

双节期间，公园和街头装饰着各种颜色的鲜花，这其中又以菊花为最多。在这萧瑟的秋风中，它们成为一道亮丽的风景，引来众多游人观赏、拍照、留念。有了这些鲜花，节日气氛更加浓郁。但是，我却很少去看，也不愿拍照，甚至和这些菊花有一种莫名的距离感。

我进行了自我反省，并对自己的这种心理产生了怀疑。那么美的菊花，那么别致的造型，为什么自己会无动于衷呢？难道真是自己心理或审美有问题吗？

不错，我承认这些菊花很美，甚至美到了极致。但是，或许是她们的美过于人工，过于精致，过于被赋予了许多人的思想和意志，让我这种散淡的人产生了一种敬而远之甚至是恐惧的心理。这种心理或许就像一个穷困潦倒的人见到了一个大款儿，或者一位穷小子见到了绝代美女，想说喜欢，却不容易。

其实说白了，它们不是我的菜。我还是喜欢那些自然开出的花朵。没有过多的人工雕琢，没有整齐划一的造型，也不要附带什么价值和意义。那是一种简单的美，纯净的美，自然的美。

芦花

临近立冬时节，早晨六点钟，天空还笼罩在夜幕中，骑上自行车，牵上亨利，顶着寒风出发了。

衣服穿得很厚，但还是感到了初冬的寒意。裸露的脸和手冻得冰凉，我只好竖起衣领，捂上帽子，将手缩进袖筒，蜷缩着身体，努力地骑行。

街灯下，环卫工人清扫着地上的落叶，紧张地工作着；赶早出行的各类汽车，闪烁着刺眼的灯光，刺耳的噪音划过清晨宁静的空气，一阵阵呼啸而过，破坏着清晨的宁静与和谐。此时的我，没有心思理会这些，只想着早点赶到那里，看看芦花现在的模样。

看到了。当东方天际发亮的时候，我站在了河堤上。

借着暗淡的天光看去，芦花完全变成了白色，从头到脚，没有一丝杂质。我沿着熟悉的小路走过去，在微微泛红的朝霞中，在万类萧瑟的霜天下，她静静地矗立着，一动不动，像雕塑，像丹青，像白色的天使，又像纯洁的精灵。偶尔一阵微风吹过，她便轻轻摇曳，像白天鹅一样，悠悠地轻歌曼舞。

我去过好多名山大川，也邂逅过许多美丽，但是，当见到她，一切都化为了乌有。我无法述说，只感觉，我们的这次相见，仿佛隔了几个世纪。

冬菊花

前些时候，路过小区里的那个墙角，没有看到去年的菊花，以为被环卫工人铲除了，心里很是失望。因为这样的事屡屡发生：今年夏天，公园角落里的一片正在盛开的格桑花就被清除了；初秋的时候，门前小土丘上，早晚传出秋虫鸣唱的茂盛草丛被连根铲除了，不但再也听不到那美妙的歌声，就连那些秋虫也不知去了哪里。或许是这些花草破坏了公园整齐划一的布局，也许是它们有碍市容观瞻，总之它们被清理掉了。为此，每当我路过那里的时候，心里都有些惋惜和闷闷不乐，甚至有些责怪那些铲除花草的工人冷酷无情。正因为有了这些经历，于是我以为小区里的这片菊花也很难幸免于难，心里也只能是叹息而已。

今天早晨，我抱着一丝希望，又路过小区的那个墙角。但我惊喜地发现，在长高了的冬青树后面，那片菊花又开放了。在冬雨后的萧条和荒凉中，一朵朵鲜黄色的菊花中还夹杂着几朵洁白色的，显得格外娇艳靓丽。这些菊花花朵不大，而且花束也不规则，看上去类似山坡上自然生长的野菊花，显得很平凡朴实。但是，它们在初冬的晨曦中，迎着寒风恣意绽放，不惧怕寒冷，不羡慕奢华，不追求完美，更不把人们的褒贬放在心上，担当的是岁寒之义，承载的是朴素之美。看着这些娇小而孤傲、深情而奔放的冬菊花，我一边深感庆幸，一边生出无限的敬意。雨过天晴，朝阳渐渐升起来了，我恋恋不舍地告别了这片冬菊花，心里默默祷告着：但愿你们年年开放，岁岁平安！

槐花梦

今天黄昏时分，我又路过了家门口的小土丘。因为比较清闲，所以当沿着石径走到小土丘的中央时，我停下了脚步，抬头向天上和四周望了望，在傍晚微暗的天光下，发现槐树叶子多了起来，树冠也变得丰满了许多。

因为小土丘就在家门前，所以是我常年光顾的地方。比起其他地方，小土丘的春天来得似乎很晚。当别处的花朵即将凋谢的时候，这里的槐树才开始萌芽，生叶。和桃、李等树木不同，槐树不仅开花矜持，而且叶子长得也比较晚。仰望着绿意稍浓的槐树枝叶，我暂且忘记了工作和生活中的烦恼，心情也变得舒畅起来。毕竟，小土丘的春天已经到来了，槐树不久就会开花了。

实际上，我每次路过小土丘，都要观察槐树枝杈间的细微变化，心里总在念叨着：“还没有开啊！还没有开啊！”可是，槐花是很有个性的，不管其他的花如何争奇斗艳，也不管别人说什么，她都会信守自己对花期的约定，坚守自己的内心。槐花虽然不是那么美丽妖艳，但她的这种品质还是令人深深地钦佩和敬仰的。

晚风轻拂，站在小土丘的顶端，看着绿意朦胧的槐树枝叶，我心里又开始默念：就要开花了吧。我轻轻地闭上眼睛，槐花盛开的一幕立刻浮现在脑海里了。在某个早晨或傍晚，一串串白色的花朵像俏皮的小姑娘一样从绿叶中悄悄露出头来，花朵的馨香悠悠然然，随风潜入各家的窗口和房间，沉浸到人们的心中。如果你摘下几朵花瓣放进嘴里咀嚼，淡淡的甜味和着浓浓的香气会一下子钻入五脏六腑，唤起你对童年和故乡的遥远回忆。世界上可以吃的花很多，但没有哪一个像槐花这样刻骨铭心。

天渐渐黑了。站在小土丘上的我，像进入梦境一样，深深沉醉在了槐花的烂漫中。

赏牡丹花

在我的心中，牡丹花是神一样的存在。之所以这样说，是因为从小就听说牡丹花乃国色天香，是世上最美的花。于是，赏牡丹花也就成了我的一个梦想。曾几次想到自称是牡丹之乡的洛阳或菏泽亲眼观赏一次。或许是机缘不巧，抑或是我心有不诚，时至今日，我仍然没看到过真正的牡丹花。

在画中或电视上倒是看到过牡丹花，但毕竟不是实物，是缺乏生机和灵魂的，因此也并没有觉得有多么美，以至于后来也就没有那么强烈的念头了。

今天在校本部开完会，听人说毓秀园的牡丹花开了。开始我

有些不相信，因为从来没听说过毓秀园还有牡丹花。正好到了下班时间，晚上又没有什么应酬，再加上沙尘暴刚刚过去，虽然还刮着风，但蓝天白云，夕阳西斜，正是赏花的好时候，于是我一个人悄悄地来到了毓秀园。穿过整个花园，我并没有发现牡丹，难道是我听错了吗？正当我有些失望的时候，忽然在花园的尽头隐约看到了一片花卉，我想那肯定是牡丹了，我心头一亮，急忙走了过去，不错，那里果真有一片正在开放的牡丹。

走到近前，我怀着略微激动的心情，仔细欣赏起牡丹花来。牡丹花真的很美，比画中和电视里看到的不知美上多少倍。硕大的花朵、鲜艳的花瓣、层次分明的花形，红色的如朱赤，白色的若美玉，在夕阳的照耀和微风的吹拂下，光彩夺目，熠熠生辉，真有一种我花开后百花杀的尊贵和王者之气。

我曾经见过许多花，也赞美过许多花，但如果仅从花形之大、花色之艳和花的霸气来看，牡丹的确可以说是无出其右者了。我也不得不承认牡丹不愧为国色天香、花中之魁了。

天色有些发暗了，我到了该离去的时候了，但心中仍有些恋恋不舍。

当我转身离去的时候，牡丹花的美丽仍然在脑海里浮现着。能够在年过半百的时候亲眼看见牡丹花的芳容也算是一种幸运了。但是，当我走出花园的时候，感觉刚刚看到的牡丹花似乎离自己已经很遥远了。牡丹花美是美，但感觉和自己并没有那么亲切，我倒是觉得每天早晨散步或在田野中见到的那些自然的小花们好像更让我喜欢和欣赏。于是我想，正像这花一样，世界上的人和事很多，最好的和最美的并不一定都适合自己；反过来，只有最适合自己的才是最美的，才是自己心中的花。

暮春新月

农历四月初，正值暮春时节，一弯新月又出来了。

合上书本，打开窗帘，举目望南天，月亮淡淡含羞，柔情似水，美丽依旧。谢了的是春花，走了的是春风，老了的是人颜，累了的是人心。看着黄昏中渐渐变暗的树冠，很快又要脱去稚嫩的新绿换上夏日的盛装，心里又不免有些惆怅。暮春，是一个多么忧伤的词汇啊。想起白天走过楼前的小路，看到像展翅欲飞的紫色蝴蝶一样的几株鸢尾花，开在墙角的绿化带里，不知她们此刻是在夜幕下无拘无束地欢笑，还是沐浴着月光静静地休息。一阵轻柔的晚风吹过，送来一股槐花的清香，虽然有月光，却看不到槐花的颜色，只有隐隐约约树木的影子。不知道月下是否还有寻觅花香或与花瓣说话的人。

暮春的夜晚，看不够的月亮，闻不够的花香，写不完的诗。

晓月

清晨，走出楼房单元的门，一阵凉风迎面吹来，让人感觉到了淡淡的秋凉。抬头望去，晓月半残，斜挂在西边的天上，像一位端庄秀丽、略带忧郁的美妇，静静地注视着这个世界上的形形色色；又像一位特立独行、浪迹天涯的游子，走过了世间沧桑，看惯了人情冷暖，享受着旷宇制造的寂寞。

从前，我更多的关注夜晚的月亮，将儿时美好的愿望和幻想，将青春期的叛逆和感伤，将成年后的悲欢离合，都赋予了她。思乡的时候吟诵李白的《静夜思》，惆怅的时候默背苏轼的《水调歌头·明月几时有》。而在清晨，总是习惯性地将目光投向东方，看旭日泛出的紫晕，观朝霞洒下的红光。但是，当有一天清晨，我偶然抬头，发现了斜挂在西天的晓月，从此以后，她便进入了我的心房，融进了我的血液，再也不能相忘。即使在没有晓月的清晨，只要望一望那湛蓝色的天，眼前也会勾勒出晓月的容颜，心中也会浮现出晓月的美。她的美是一种恬静的美、虚无的美、超然的美。无论是残缺还是满圆，她绝不夸耀和张扬，也不骄傲和膨胀。她若隐若现，若聚若散，虽然斜挂在天的那一头，却又好像就在我们的身边；虽然相隔着几十万公里，却又像在自己的眼前。

我最喜欢的还是晓月的那种豁达和超然，当太阳升起的时

候，她不想再借助太阳的光辉，也不想和阳光争夺那片蓝天，只将自己的美蕴含在人的思念里或隐藏在人的心田，静静地等待着下一个夜晚。

伴着晓月，徜徉在公园的小径上，秋风微拂，晨光乍现。望着渐渐隐去的晓月，我也默默地，向她送出了一个美好的微笑。

冬晨残月

很喜欢初冬清晨的残月。在薄明微暗的半空中，静静地挂在空阔寂寥的枝头，褪去了昨夜耀眼的光环，像一位卸了浓妆的美妇，平淡中不失优雅，残缺中不丢高贵，清冷中饱含着温柔。一切都是天然的形成和自然的显露，不需要矫揉造作，不需要哗众取宠，更不需要伪饰和虚构。

为了她，星光屏蔽了自己，天空只把夜色当作她的幕布，而她为了大地的光明，又让阳光将自己屏蔽。她的美，源自内心，源于品质，源于奉献。美，就是这冬晨的月亮。

晓月恋人

月亮是不负人心的，只要是晴好的日子，她都会在天空静静地等着你。从圆到缺，从缺到圆，月复一月，年复一年，从你懵懂的年少，到你火热的青春，如今又到了华发斑斑。

月亮为什么这么执着地等待？只有月亮自己知道。

今天的清晨格外寒冷。戴上手套，扣上帽子，将身体紧紧包裹在棉服中，还是挡不住寒冷。不知是习惯使然还是某种下意识的驱动，我仍旧走进了刺骨的寒风中。

抬起头，她还在，虽然只剩下了一道细细的弯眉，但仍然倔强地斜挂在半空，成为这冬晨的唯一风景。

娇小却不显羸弱，苍白却不失妩媚，孤单却不失情义。一弯晓月，你就是这冬晨的恋人。

弯月

在橘红色的晨曦中，月亮只剩下了一段细小的弯线，就像天工这位艺术大师在自己的画布上轻轻地描了一笔，若隐若现，宛若水影中的柳叶，又如烛光下的细眉。

我仔细地寻找着，终于在微明的天际中发现了她。我静静地注视着她，观察着她的美，那是一种淡雅之美，恬静之美，细腻之美，残缺之美，阴柔之美。能把自然界中的这种美表现得如此淋漓尽致的，或许只有此时此刻的一勾弯月。我不是一个唯美主义者，但是我看惯了那些矫揉造作的美。在追求奢华、高大、壮观、妖娆的喧嚣尘世中，我似乎更倾心于这种平淡的，几乎被人所遗忘的小美和微美。

美源于发现，发现源于寻找，寻找源于执着，执着源于意志，意志源于心境。我喜欢这样的美。

冬月

冬晨的残月与枝头是最相配的。

我尝试着将月亮挂在半空，月亮孤零零的，没有了依靠，显得格外孤单和寂寞；我尝试着将月亮放到大厦的楼顶，就像用一只粗俗的盘子盛着精美的珍馐，影响了人的胃口；我又尝试着将月亮挂在高压线上，就像白皙的脸上抹上了一条黑线，让人不忍观看。

无意中，我发现了月亮挂在枝头。月亮不再那么孤单，树枝也不再那么乏味。原来，她们才是最好的搭配。几千年、几万年，甚至几亿年，没有粉饰，没有矫揉造作，自从手牵到一起，她们就不离不弃。

“月下枝头，人上心头。”我忽然想起了这一名句，似乎也多少体会到了古人的心。

她们是情绪，是心，是美。

美，需要自然的搭配。

跟着月亮走

在这了无生机的冬日黎明，月亮成了我唯一的伴侣。

四下望去，除了自我炫耀的街灯，就是寂静的黑暗，看不到春天姹紫嫣红的花卉，没有夏日满目的翠绿，没有仲秋累累的硕果，也听不到街头巷尾的欢声笑语。天冷得好像连空气都被冻凝固了，偶尔一两个在黑暗中移动的人影也都变得呆板和僵硬。

月亮，只有月亮，是我最好的希冀。当我百无聊赖，在这荒凉的冬晨悻悻而走的时候，忽然又看到了晓月，她斜挂在西天，面色格外恬淡。或许是因为没有了雾霾，抑或是凛冽的寒风刚刚吹过，比起往日，她显得更加楚楚动人。我不由得停下脚步，仔细地端详起来。今晨的晓月，淡雅中透着秀丽，微笑中带着一丝忧郁，温柔中显露着坚韧，宽厚中饱含着智慧。

月亮在走，我也在走，我们各自行走在自己的世界里，移动在自己的轨道上。无论是宇宙天体，也无论是人间小径，无论是万代过客，也无论是百年行人，我们各自在自己的道路上默默地走着。我不知道月亮的寿命是几何，也把握不了自己生命的春秋，我只明白，在这寒冷的冬晨，有了月亮，我不再寂寞。

凄美的月亮

冬天是凄凉的。树枝光秃秃的，水面冰封了，地上寸草不生，世界变得如此单调，只有追逐金钱、权力、名誉的各种欲望弥漫在空气中，让这个寒冷的冬天充斥着另类的生机和能量。

凄美，是形容冬月最恰当的一个词语。她凌空高悬，独立于这个凄凉而又热闹的世界上，她用美丽而温柔的目光，注视着脚下的这个世界。

感谢这凄美的月亮，感谢这柔和的月光，沐浴其中，感受着片刻间没有任何杂质的纯粹的心灵纯净。

因为有你，我的心灵得救了。

辞别冬月

或许是冬月的最后一弯了。

像弯弯的柳眉，又像纤细的银线，若隐若现，勾画在黎明前的天空。

孤独而来，寂寞而去。几十亿年，向苍穹，向山河，向生来死去的人间，洒下万千柔情和恩爱，展示永恒的清高与洁白。古往今来，无论文人骚客、贩夫走卒，无人不将你牵肠挂怀。

今晨，我不想让你隐去，我不想明天的夜空没有你。我，像一颗星星，不愿失去美丽的伴侣，哪怕须臾之间。

冬月，我想和你牵一牵手，说一说话，想让你亲口告诉我：今晨辞别，腊月再会。

月亮

今天早晨没有再看到弯弯的下弦月，心情不禁有些失落。喜欢月亮，是因为自幼憧憬月宫和对月亮世界的无限遐想。

月亮是最懂人心的。相聚则圆，别离则缺。

月亮是最知趣的。太阳出来的时候她会淡淡地隐去，太阳落山的时候她又悄悄地出来。

月亮也是最懂情的。当你欢喜的时候，她会皎洁无瑕；当你忧伤的时候，她会朦胧羞涩。

她会陪失意的人举杯消愁，也会伴相思的人对影成双。

她从来不想像太阳一样做生命或世界的主宰，但她总是用温情和诗意向世界、向夜晚播撒慈祥和爱的柔光。

我爱月亮，我也想做你心中的一束月光。

朦胧月

今晚，我又看到了你，一弯新月。

雨后的天空还残留着几片薄薄的云彩，月亮的面庞显得有些朦胧。初夏的夜晚，微风和煦，在小区的步道上，人们三三两两，一边聊着天一边散着步。我避开人群，来到小土丘上，仔细地凝望着那一弯新月，但无论怎么看，月亮都像蒙着一层薄薄的面纱。在面纱的后面，隐隐约约、朦朦胧胧地看到一张妩媚而又神秘的笑脸，好像在故意躲避着我的视线。越是看不清，越是想看清。没有办法，我只好凭着想象，来勾勒月亮的美丽了。我想，这或许就是月和云共同制作的一种朦胧美吧。

朦胧美，可以说是中国文化中的一种审美情趣吧。古代的中国人，讲究长袖宽衣、峨冠博带，尽量把身体用衣服或帽子掩盖起来。尤其是女性，不但不能露出手足，甚至笑的时候连牙齿都不能露出来，在结婚拜天地的时候还要用红盖头将头和脸遮住，直到进入洞房才能揭开。当然，也许有人会说这是封建做法，但如果换个角度看，在这些传统的民俗中，恰恰体现着中国人的审美，而这种审美的主要内容就是朦胧美。不仅是民俗，中国的文学、美术、建筑等，无不体现着中国乃至东方人的朦胧美。

朦胧美讲求的是神秘和委婉，朦胧美的发现和认知需要动用人的想象力，其背后隐藏的是东方人的隐晦、含蓄、廉耻和谦逊的文化。从某种意义上讲，它是非科学和非理性的。因此，皎洁的月光固然是一种美，而朦胧的月色也不乏美的情趣，甚至更令人憧憬和着迷。遗憾的是，我们的这种审美正在慢慢被抛弃和丢失。当我们举着所谓文明和现代化的旗帜，追求裸露和直白的时候，当满大街的男人袒胸露背、女人衣不蔽体的时候，我们独特的审美和传统的文化或许已经丧失殆尽了。

我这样说，或许是会挨骂的。但尽管如此，我还是喜欢那种朦胧美，就像今晚的月亮一样。

第四篇

四时随感

立春

一年之计在于春，不管天气多么寒冷，不管雾霾多么严重，也不管太阳多么无力，毕竟，立春了。

立春是大自然的声音。她明确地告诉我们承载我们的这一方水土从2月3日23点34分开始切换模式，向春天转换。这是自然的意志，是天的意志，是神的意志，是不以人的意志为转移的。

经历了岁的洗礼，跨越和享受了年的愉悦和激情，我们应该和着春的脚步，奔向新的岁月。希望在前，坎坷在前。但是自然赋予我们的宿命就是周而复始，不停地经营劳作而终其天年，所以对于生活莫怨莫悔。

立春了。今天我早起了。我用早起表达我对自然和生的虔诚。

春天来了

春天来了。

为了亲吻春的面庞，我打开窗子，将头探出窗外，辨别着风的方向；为了感知春的脚步声，我来到旷野，匍匐在大地上，倾听着远方传来的春的信息；为了抚摸春的心动，我站在池塘边，看着柳树的枝条，一点一点变得丰盈。

春天来了。

虽然天气还很冷，但笼罩在头顶的那沉重的冬云渐渐散去了，天空中开始飘起了轻盈的风筝，人们的脸上泛起了愉快的笑容，行人的脚步变得轻快了，鸟儿的叫声变得清脆和频繁起来，就连街上的猫和狗也都变得兴奋和躁动起来。是啊，自然界又要开始恋爱的季节了。

春天来了。

“一年之计在于春”，老人用古老的谚语对孩子进行谆谆教诲。路上相遇的人们，兴奋地开始了春天的问候。男人们盘算着新春的工作和一年的收入。女人们打开衣柜，盘算着添置或试穿哪款新的春装。学生们计划着明年的学习目标和新的课业。

春天来了。

一个新的季节轮回又要开始了。地上的小草准备发芽了。树木的枝头又要长出新的嫩叶，树干正在勾勒一个新的年轮。风儿做好了从东南出发的准备。云儿向远方回回头，向着山的那边轻轻飘去。暖阳拥抱着希冀，悄悄地向我们走来了。

大地又可以讲述春天的故事了。

迎春花开

迎春花开了。

黄色的小花，星星点点，镶嵌在密密麻麻的褐色的枝条上，在寒风料峭的春晨中，迎接着春姑娘的到来。

对于花盲的我来说，初识迎春花不过是近几年的事。记得当时已过初春，在花红柳绿的世界中迎春花并不起眼，平凡的小黄花镶嵌在黑褐色的枝条上，宛如追求美却不会打扮的女人的头饰一般，相形之下甚至有些丑陋。当时曾暗想：迎春花也不过如此嘛。但是后来发现，迎春花并不像自己所想的那么简单，她不畏寒冷，在其他的花尚在观望等待的时候，她第一个站出来向人们报告并迎接春天的到来，也是她第一个让我们告别阴郁的冬寒，感受充满希望和温暖的春天。

现在，我越来越喜欢迎春花了。

二月的清晨

清晨，空气清冽而甘爽，张开胸膛深深地吸一口气，像喉咙干渴的时候喝了一口清泉，沁人心脾，五脏六腑的浊气一吐而荡然无存。晓月已经随着渐渐发亮的天光淡淡隐去，只留下启明星若隐若现，东边天际泛出淡淡的橘红色。在微风中略显膨胀的枝头树梢似乎在用青春的萌动嘲笑着节日后残留的灯笼，枯草下掩盖的泥土和泥土中蓄势待发的新芽似乎也在驱赶着爆竹留下的碎红。还没有过元宵节，天空、大地、树木和花草都已经释放出早春的气息，就连散步的人和狗狗们都显得格外欢快和躁动。

我穿着老厚持重的棉靴踏在公园的石板小径上，与周围好像很不和谐。是啊，春天就要到了，要想跟上她的脚步，需要换上轻快的新鞋了。

化茧成蝶

在蝶类昆虫的世界里，你会发现一个亘古不变的自然过程:每只幼虫都具备变成蝴蝶的潜质，只要不断地成长并顽强地生存下去。只不过，在变成蝴蝶之前，毛毛虫会先变成作茧自缚的蛹，蝶蛹在茧中面对自己制造的痛苦，挣扎，挣扎……然后才发现，任何挣扎或试图改变的行为都是徒劳的，蝶蛹只有一个选择，就是放弃所有抗拒，全然接纳当下，平静等待，直到有一天化茧成蝶，美丽绽放。在这一过程中，幼虫要有不断抗争的勇气和顽强的毅力，要有供给自己存活的能量和环境，能支撑下去。支撑不住就会在过程中被无情地淘汰掉，等不到化茧成蝶就已经结束了生命。人的世界也和蝶蛹一样，真正能够实现美丽绽放的少之又少，但只要熬过黑夜，就会见到曙光。

杜鹃啼血

今天早晨，听到了久违的杜鹃声。刚开始我有些怀疑自己的耳朵，但仔细一听，确实是杜鹃的叫声，“咕咕——咕咕——”，声音从远处传来，清澈而响亮，久久回荡在悠悠的长空。

倾听着这久违的声音，耳畔就像回荡着远古的歌声。我轻轻地走入林中，一些叫不出名字的小鸟在枝头飞来飞去，欢叫不停，就连麻雀也成群结队，似乎比往年的春天多了。听着鸟儿们的叫声，看着它们飞来飞去、自由自在的样子，心情也和它们一样，变得舒畅惬意起来。要是每天、每年都这样该多好啊！

地球只有一个，我们生存的空间也是有限的，人类对地球的干预多了，对空间的占有多了，也自然就减少了鸟儿们的生存空间。今年，或许是由于疫情，工厂停了，汽车停了，建筑工地停了，人们宅居在自己的家里。人类活动的减少，给鸟儿们带来了自由。听着鸟儿们欢快的叫声，看着它们自由飞翔的样子，我甚至想，这个地球上，最自私最贪婪的，或许就是我们人类自己！如果换位思考的话，在动物面前，我们人类或许是没有资格谈什

么仁慈，讲什么道德的。侧耳倾听杜鹃的叫声，似乎可以听出一些悲凉和幽怨，它好像在央求我们：人类啊，好好反省你们自己吧，给自然界的生命们多留点儿生存的空间吧！

杜鹃在啼血啊！

幸福

清晨，是我一天中最惬意的时刻。可以把忙碌的脚步停下来，抬头看看云和天，望望残月和星星，赏赏嫩叶和鲜花，偶尔心里会生出一种生活的奢侈感。

记得上小学的时候，天天往返于家和学校之间的村庄街道上，对两旁的土墙灰瓦已经熟视无睹。偶然的一天，看到从某个墙头里伸出一束白色的杏花或谁家的老榆树上突然挂满了榆钱，我都要忍不住驻足观看好半天，想象着酸甜的红杏儿和香喷喷的榆钱团子，心里顿时生出许多的愉悦和满足感。

幸福和不满都是源于比较，就像天平的两端。幸福多的时候，不满就少；不满多的时候，幸福就少。而决定二者平衡的关键往往在于心态。

每每安慰和拯救我的是想象。当忙碌的时候我会想象悠闲，当贫穷的时候我会想象富有，当烦躁的时候我会想象开心，当苦涩的时候我会想象甘甜。

今晨，杏花开了，李花开了，海棠花也开了。

留恋三月

“今天是三十号吧？”

“傻子！三十一号，三月就要过完了！”

这是清晨起来，夫妻间的极为日常的一句对话。

可是，“三月就要过完了！”这句话还是让我心头一震，勾起了无限惋惜之情，尤其是今年的三月，实在不愿让它从我身边悄然离去。

不仅仅是因为春暖花开，桃红柳绿；也不仅仅是因为家人团聚，父母安康。没有理由，我就是留恋三月。

留恋三月的晓月和晨曦，留恋三月的白云和晚霞。

我想在三月的春风中放歌，我想在三月的细雨中散步。

我就是喜欢三月。

经过苦苦寻觅和思索之后，我明白了，我想与自然对话，想与天交流。

我想为自己而活，活得坦然。

这不是佛家的解脱，也不是仙家的遁世。

工作依旧忙，生活依旧烦，兜里还是缺钱。

但是，三月依然让我留恋。

新绿

一场春雨过后，眼中又增添了不少新绿。

柳叶属于早熟也是最懂情的。难怪古人在离别的时候，常常抚柳而歌；杨花虽然名声不好，但这与杨叶无关，它们处处随风而动，是新绿的主力军；法桐虽然属于外来品种，但也扎根于这片土地，新绿不让梧桐。鲜花落，新绿生。海棠、冬青自不必说，就连那倔强的老槐树，也耐不住寂寞，悄悄地露出了嫩芽。

花养心，叶养身。不是吗？每当我们看到五彩缤纷的鲜花时，心情就会无比愉悦。绿叶是春天的一道风景，她释放出大量的负氧离子，滋润着我们的身体。身和心是我们生命的两轮。但是，没有身，哪有心？我爱鲜花，但更喜欢这一片新绿。

春雨夜话

在这春雨霏霏的夜晚，最适合做一个梦。

可以梦见云雾缭绕的大青山，也可以梦见碧波荡漾的春湖水，还可以梦见绿油油的麦田和盛开的油菜花。而我最想梦到的是故乡的那条小河。河水刚刚从冰雪封冻中解放出来，化作涓涓细流，像撒欢的孩子，唱着欢快的歌，哗哗地向着春风吹来的方向奔跑着。河岸上，垂柳如烟，与蒙蒙的细雨，像是久未见面的朋友，又像分别已久的恋人，倾诉着无限的情意缠绵。我最喜欢的是在地上寻找，希望在枯萎的草根或湿润的田埂上，忽然发现一个小小的嫩芽。哪怕只有米粒大小，那一点娇小的黄绿色，会带给我无限的欣喜。看到它，就仿佛看到了春天，看到了生命，看到了那个充满希望的世界。

在这春雨霏霏的夜晚，梦又带我回到了那条魂牵梦绕的小河。

春晨漫步

今天早晨去花园散步，发现池塘边的海棠花全都凋谢了，代之而起的是满目新绿，心中不由得感叹："花期真短啊！"

走在嫩叶掩映的池塘边，迟落的花瓣和刚刚离开枝头的柳絮悠悠地飘舞着，然后慢慢落入池塘，水面上聚集起一簇簇白色的浮萍，遮挡住了蓝天和白云的倒影。一阵微风吹来，让人的心情也随着柳条轻轻荡漾起来，从水中偶尔传来一两声久违的蛙鸣，猜想着它们应该到了求偶的季节。春天是短暂的，等到了初夏，池塘的浅水处就会聚集起一群群的黑色小蝌蚪了。岸边的马兰花和诸葛花开得更加茂盛了，成片的紫色和红色镶嵌在绿色的草坪里，从另一个角度诠释着春天的美丽。

一边欣赏着美景，一边呼吸着清冽的空气，霎时间我忘记了刚刚过去的寒冬和疫情，心里生出了一种此处即吾乡的脱俗感。如果是在古代，像我这种年过半百的人或许应该到了老而多耻的年龄，而后知后觉的我却似乎刚刚在人生中发现这亮丽的风景。尽管春晨短暂，我也要尽量挽留住她，以抚慰这愚钝而多舛的岁月！

初夏的雨

傍晚，雨来得很突然，夹杂着雷电和风声，感觉已经不是春天的和风细雨，而是夏天风暴的味道了。

出门没有带雨伞，于是就冒雨回家了。但是，雨没有想象中那么大，淅淅沥沥的，正好合了自己淅淅沥沥的心情。雨滴落在脸上，没有凉的感觉，只是有些湿润和麻木。路上的行人很少，借着路灯的光线望去，细雨在风中斜飘，地面低洼的积水水泡此起彼伏。此时，我忽然想起鸭长明《方丈记》的开头一句：“积水上的泡沫且生且灭，没有长久停留之例，世上的人和居所亦是如此。”虽然不能参透其中的禅意，但多少也让人生出一种豁然之情。于是，我干脆放开了，让雨随便打在身上，让脚随意踩着积水，体会一下雨中漫步的快感。

路过小土丘，石径上铺满了被雨水打落的槐花，有些湿滑。

槐花一落，就预示着初夏的来临。一切关于春天的景色和话语都要变成回忆了。日子一天天过着，生活的压力并没有随着季节的更替而变得轻松。疫情过去，什么都不会改变，夏天等待着自己，秋天等待着自己，冬天也等待着自己。工作还要按部就班地做，日子还要紧紧张张地过，我们来不及感叹，来不及忧愁，甚至来不及欢喜。

我只想，在这初夏的第一场雨中，停一下脚步，让平日里琐碎的心情和这夜色中的细雨谈上一次浪漫的恋情，然后，你接着淅淅沥沥地下，我接着平平淡淡地走。

迎接夏天

一场突如其来的大规模沙尘，既像是春天为自己王朝的迟暮而做的最后一次挣扎，又像是夏天这个季节的新贵所做的主宰世界的宣言。总之，在一场喧嚣和嘈杂之后，世界又恢复了平静。不同的是，睁眼一看，周围一切都是初夏的景象了。

柳树头发凌乱，再也耐不住夏的诱惑，脱去淑女的长衫显露着青春的浪漫；池塘恢复了平静，婆娑的树影倒映着夏日的情怀；最可爱的是那一片片娇小的嫩荷，一夜间悄悄地浮出水面开始像太阳讲述夏日的童话；水塘里的金鱼正在寻找自己的龙门，只可惜这小小的水塘又如何任凭跳跃？

夏天的到来是挡不住的。虽然我们这些老年人还勉强穿着长衫，但也不自觉地挽起了衣袖。看，那些年轻人，他们已经穿上了短裤或裙子，开始了夏日的欢歌。

夏天真的到了。我已经感觉到了生命的恣意和大地的火热。

初夏夜听雨

入夜，雨依旧淅淅沥沥地下着。想起田野里正在拔节抽穗的麦苗，想起山坡上郁郁葱葱的草木，想起故乡那条即将干涸的小溪，几分喜悦之情淹没了细雨带来的淡淡伤感。

下雨的夜晚，喜欢将自己关在屋子里，静静地倾听窗外的雨声。路上没有了行人，窗外没有了喧嚣，只有雨滴敲打树叶和窗玻璃的声音。闭上眼睛，除了嘀嗒嘀嗒的雨声什么都听不到，这个世界就好像一下子静止了一样，自己的身心似乎与那个林林总总的大千世界隔离了很远很远，心底产生出了一种莫名的安心感和闲适感。年轻的时候，喜欢听着雨声呆呆地出神，或傻傻地幻想。现在，过了天命之年的自己，喜欢坐在窗前，或泡上一壶清茶，或读上一会儿闲书。即使关上窗子，拉上窗帘，那不紧不慢、悠悠闲闲的雨声，也会潜入房中，爬上几案，淹没茶香和文字，浸润到脑海和心头，使自己的整个世界都充满淅淅沥沥的恬淡。

希望雨就这样淅淅沥沥地下个不停，就像甜美的梦一样，永远也不要醒。

大雨

当人们还在昨日酷热的梦魇中的时候，云母已经将漫天的大幕罩在了楼宇的上空。雷声就像大戏开演前的锣鼓声，咣咣咣、咚咚咚，催促着人们跑向大雨的剧场。我急急穿好衣服，跑下楼去，想亲眼见证一下这场晨雨的大戏如何上演。

一阵斜风掠过，就像人焦渴的时候喝了一杯冰啤那么爽快。我眯起眼睛，只盼着主角登场。果然，几滴雨落了下来，落在石头上，砸在树叶上，很轻柔，很稀疏，很舒缓，像是侦察兵的冷枪试探，又像大餐前的几碟小菜，让人增加了对美味的热切期盼。不一会儿，大戏开演了，如同大部队的到来，哗啦啦——哗啦啦——雨声伴着雷声和风声的协奏，上演了今晨最美妙最壮观的交响乐章。不用说，雨是主旋律，是主角，是今晨的领唱。

这雨，盼望已久，洒满草丛，洒满石径，洒满大地，也浇灌我们焦渴的心。英英草跳起了欢快的舞蹈，灰灰菜在不停地欢笑。前面路上的那位老者，走路不慌不忙，镇定自若。我也东施效颦，牵着爱犬走向了雨中，走向了与避雨者相反的方向。

桑葚熟了

早晨散步，忽然想起金泰花园的桑葚应该熟了。离开迎宾公园晨练的人群，看绿灯亮起，匆匆穿过公路，来到金泰花园长着桑树的那个角落。虽然只有一路之隔，对面却完全是另一个世界，这里几乎看不到人影，非常安静。池塘里，小荷刚刚露出尖尖角，平静的水面倒映着垂柳；池塘边的各种花卉都已经凋谢了，岸上一派绿意葱茏。那棵熟悉的桑树被一棵大榕树和石榴树遮掩在角落里，很难被人发现。走到近前，发现它比去年又丰满了许多；在嫩绿的叶子和树枝中，挂满了一个个紫红色的大桑葚；由于没人采摘，熟透的桑葚掉落一地。看四周没人，偷偷地摘下一颗，放到嘴里，一股清凉酸甜的感觉立即溢满口中，直沁心田，这不正是儿时的味道么。

小时候的老家后院，也有两株桑树，据说是一雄一雌。雄的粗壮茂盛，可不结果，只能摘下叶子喂蚕；雌的又细又高，就连我这爬树能手都很难上去，所以每到桑葚熟透的时候，只好眼睁睁地看着那些馋嘴的黄鹂鸟大快朵颐，而且还要忍受那种动听婉转的嘲笑声。有时候只能拿起弹弓去捍卫自己的果实，可地上的动物终究干不过天上的飞禽，每年都是徒增无奈，眼看桑葚被一颗颗吃光。直至今天，每每听到黄鹂鸟的叫声，我都有些心生嫉妒，尽管它长得漂亮，叫得好听。

老家的桑树没了，黄鹂鸟也多年不见了，甚至那个土坯矮房的村庄也变成了连燕子和麻雀都无法搭窝的砖瓦水泥建筑。但是，我怀念我的桑葚，怀念那看着眼馋却很难吃到的酸甜清凉。

我爱桑葚，你是我的童年和梦想。

雨中漫步

雨把喜欢晨起的老人们都挡在了屋内，听不到你呼我喊的人声，听不到汽车奔驰的呼啸声，我独自享受着美妙的清晨时光。

雨打在伞上，啪嗒啪嗒的，随着风的节奏时紧时慢，像天地合奏的音符。地上的低洼处有不少积水缓慢地向排水口流动着，雨点落在上面，生出一个个晶莹剔透的水泡泡，当你还没来得及仔细观察的时候，它就破灭了。可是，就在一个破灭的同时，另一个又冒出来了，此起彼伏，接连不断。水泡在享受着雨给它们带来的瞬间欢乐。

树叶也在雨中快乐地沐浴着，每个叶片都那么清新自然，就像孩子过节一样换上了新衣；花儿的表现各不相同，有的开怀大

笑，有的羞答答地低下了头，有的闭上眼睛像是在雨中陶醉。

喜欢这样的雨中清晨，喜欢这样的雨中漫步，喜欢雨中的花草，喜欢雨打在伞上和风吹动树叶的声音，也喜欢积水中一个个调皮的水泡泡。

初夏夜的小土丘

夜幕中，远处传来一阵阵汽车的呼啸声，近处有三三两两散步人的说笑声，我悄悄地走进了被茂密的洋槐树遮掩住的小土丘。

虽然已经过了槐花飘香的时节，但小土丘依然是我神往的地方。初夏的夜晚，既没有暑热之苦，又没有蚊虫的叮咬，微风拂来，槐树叶发出轻轻的沙沙声，像一曲柔美的轻音乐。我喜欢静静地与黑暗对视，像一对默契的朋友，即使彼此看不清对方的面目，却猜得到对方的心。我更喜欢站在土丘的高处，从树梢的缝隙中仰望夜空，虽然没有小时候在漆黑的旷野中欣赏满天繁星的壮美和无尽的遐想，但偶尔能发现一颗忽明忽暗、若隐若现的星星，就像在沙砾中发现了一颗微小的红色玛瑙石，心中别有一番喜悦。

周围楼群中的一扇扇窗子透着柔和的灯光，似乎在述说着人、家庭或各式各样的故事，或欢乐或悲伤，或幸福或忧虑，林林总总，形形色色。可是，我还是希望，每个人都应该有一个属于自己的小土丘：当你累了的时候，当你烦躁的时候，可以轻松地走进去，寻找你的树叶，寻找你的花草，与幽暗对话，倾听自由的风吟；在晴好的夜晚，还可以找到你快乐的星星。

夏夜看星

校园的夏夜很宁静。

风轻轻地吹拂在脸上，掀动着衬衫的衣角，格外舒适。树叶在柔和的灯光中，欢快地翻动着，哗啦啦——哗啦啦——像是在轻声吟唱。躲过高楼的霓虹灯，抬头向天空望去，在幽深的夜幕中，发现微弱的星光在闪动，我仔细地寻找着，一颗、两颗、三颗……星星越来越多，难以数尽。我忘记了课后的疲劳和长时间说话的口干舌燥，在光影斑斓的夜色中，仰望着星空，伫立了很久，很久……

夜色美得让人如痴如醉，我甚至有些贪婪，希望这样的时光能够永远地凝固。

在老家，应该快到麦收的时节了。忽然，我想起了傍晚从飘满麦香的田园走回村庄的那些迷人的夜晚。没有路灯，更没有五光十色的霓虹灯，在暗淡的暮色中，只有微风吹拂杨树叶的哗啦声和麦穗的沙沙声。抬起头，满天星斗，那真是无边无垠的璀璨星河，是做不完猜不透的无尽的童年梦，有多少次，我都在寻找那颗最亮的、属于自己的星星。

儿时的夏夜和梦想已经隔了很久很久。今晚，当我陶醉在这宁静的夏夜里的时候，似乎又找寻到了那种久违的童年梦。我仍在痴情地寻找着那颗最明最亮的星星。

夏虫

听到悠长的虫鸣，看到茂密的荒草，知道自己正在盛夏当中。

脚步踏进草丛，就像一声令下，所有的虫声戛然而止，它们对我的闯入并不欢迎。本想用手指触摸一下狗尾草的头，可伸出去的手又缩了回来，我赶忙从草丛中撤出身体。我忽然意识到：这些昆虫、这些野草，有它们的生活，有它们的感情；它们不想让陌生人踏进它们的世界，打搅它们的生命。

短则短矣，无名则无名，但在自己的世界、自己的生命里，它们在努力成长，努力快乐，努力完成自己的宿命！

人生一世，草木一秋。当我感知它们生命高潮的时候，也就知道秋天不远了。所以，我不再打搅它们，我要与它们静静地相守，让它们有尊严地走过自己的春秋。

七月的风

清晨，我走在稻田中间的小路上，迎面吹来了七月的风。风轻轻地吹过面颊，掠过一丝幽幽的海水咸味，让我意识到这是在异国的海边。稻田像被精心梳理的秀发，整齐，碧绿。刚刚秀出的稻穗，像羞答答的少女的身姿，在微风中轻轻摇曳，比起家乡刚刚秀穗时的小麦，更显得细嫩，柔软和清秀。放眼望去，稻田中间，坐落着一幢幢错落有致的别墅式二层小楼，像一枚枚精美的棋子，点缀在绿网似的棋盘中间。再往远处眺望，山峦起伏，树木郁郁葱葱，山坳中升起的水汽和山顶的云聚集到一起，笼罩着半个山体，给人一种朦朦胧胧、欲飘欲仙的感觉。此时，太阳还没有出来，一切都是那么静谧。走在这清晨的异乡小路上，看着这如诗如画的田园风光，我忽然又想起了家乡，想起了那一望无际的青纱帐，也想起了我那荷花盛开的小池塘。

喜欢雨

小时候就喜欢雨。

喜欢雨，是因为家乡的那条小河，是因为故乡的土地和童年的生活。一下雨，遍地是水，可以去淋雨蹚水，可以去河里游泳，捉鱼；一下雨，庄稼和各种植物会迅速生长，郁郁葱葱，就会看到丰收的希望；一下雨，还可以不用去田中劳作，甚至不用去上学，约上三五个小伙伴，打扑克，下象棋，做游戏。

青春期的我，喜欢滂沱大雨，喜欢雨下得沟满壕平，甚至是洪水滔天。盼望大雨能够荡涤人间的尘埃，希望大雨能够填满世上不公平的沟壑，希望洪水能够冲垮让人窒息的世界。

而现在，我仍然喜欢雨。喜欢躲在屋里，泡上一壶清茶或斟上一杯浊酒，倾听雨的声音，欣赏雨的幕布，回忆雨中的过去；也喜欢一个人躲在车里，看着窗外，享受那份悠悠的闲适和淡淡的孤寂。

喜欢雨，尤其喜欢今晨的雨。没有雷的惊吓，没有风的骚扰，像缠绵的情话，像抒情的音乐，在耳膜中轻轻回荡，只把美好送到你的心底。

如果想睡懒觉，尽可安心地睡，雨声就是催眠曲；如果想闭着眼睛遐想，尽可随着雨声自由徜徉，它可以是未来的梦想，也可以是往昔的回忆；如果想放空自己，你尽可以融入雨的世界，这时候，你就是雨，雨就是你。

我喜欢雨中漫步。雨滴敲打着雨伞发出砰砰的声音；踩着路上的积水，弄湿了鞋子和裤脚；雨点偶尔会趁人不注意钻进伞里，像淘气的孩子，轻轻触摸一下你的脸庞和手臂。这时候，你就会体会到那美妙的童趣。

我羡慕那些花和草，全身心接受雨水的滋润，个个脸上挂满幸福笑容和喜悦的泪珠。

七夕前夜歌

今夜格外美好。

辞别了几位好友，回家路上，穿过院子里土丘上的石径，发现茂密的草丛中，千百只秋虫你唱我和，如同一曲欢快的交响乐，忽而低音回转，忽而高亢嘹亮。它们或趴在洞穴的门口，或站立在草茎叶尖，用自己的歌喉上演着短暂生命中最壮烈的狂欢。凉爽的秋风像撒欢儿的马儿，挣脱了潮湿闷热的缰绳，肆意地奔驰在晴朗的秋夜，让人感到无比的凉爽。偶然抬起头来，穿过楼宇和树木的缝隙，看到了一弯新月和几颗星星。新月皎洁，如冰似玉；星光闪烁，眨着亮晶晶的眼睛，像宝石一般。牛郎和织女这对生死情侣，正拨开云雾，相互遥望，期盼着一年一度的重逢。为了这个凄美的夜晚，他们正在向着天河，向着鹊桥，兴奋地奔跑。温柔的月亮，正在用自己的光明，为他们的爱照亮前路。

今夜，多么美好！

七夕雨

天阴沉沉的；风还在晨睡；只有雨淅淅沥沥地洒落着。侧耳倾听，雨声像欢快的轻音乐，又像深情的小夜曲。雨落在地上，冒起一个个顽皮的泡泡；滴在树叶上，让绿色洗个痛快的淋浴；洒在紫云英的花上，激起了一串串动人的欢笑。这是告别夏日的雨，有说不完的悄悄话；这是入秋问候的雨，带着淡淡的思念和惆怅。

我，一切都不管了，依然在雨中行走。我要和今夏的雨做最后一次亲吻，要跟初秋的雨做个甜美的问候。鞋湿了，衣服湿了，我依然前行。雨，尽情地下吧！明晚就是七夕，你要用自己多情的泪水，洗净世界上的阴霾，让美好的夜空，只闪烁那两颗耀眼的星。

英英草

当暑期到来的时候，大部分的花卉忍受不了高温酷暑或狂风暴雨，都销声匿迹了，而一些杂草却疯长起来。

在种类繁多的野生杂草中，我最喜英英草。这并非源于今天自己酸溜溜的审美，而是因为幼时的实际生活。鲜嫩的英英草是猪和羊最喜欢的食物，成熟的英英草晒干后做家畜冬季的饲料，英英草还可以沤肥还田或晒干作燃料。现在，随着农业的发展和生活的富裕，英英草已经没有什么实用价值了，甚至人们连它的名字都叫不出来了。

其实英英草除了实用价值之外，也是很美的。当大部分鲜花衰败之后，英英草就来装扮夏天，给大地蒙上绿色。它虽然出身寒微，却不自惭形秽；它虽然生于杂草之中，却卓尔不群；它虽然高人一头，却从不骄傲自满。

英英草，你是夏天的尤物，你离不开夏天，夏天也不能没有你。

荒草赞

喜欢荒草！

一到了暑期，只要雨量充沛，小区里的小土丘上，一夜之间，便会生出遍地荒草，过不了几天，就会淹没石径，遮住膝盖。走在其中，就像在人迹罕至的原野中跋涉，又仿佛是在山间小路穿行，有时还会生出一种悠远的历史沧桑感。

这些荒草，没有人栽种，没有人浇水，也没有人裁剪，自由生长，自由消亡。一切都听凭自然，一切都遵从命运。它们需要的只是一捧土、一场雨和一抹阳光。

荒草比不得人工草坪那样整齐，那样干净，那样诗情画意。它们是杂草，是野草。它们杂居在“贫民窟”，彼此竞争，彼此拥挤，但绝不互相伤害，互相践踏；它们一起迎接风雨，相拥度过黑夜，携手享受阳光；它们经常躲在角落、河边、山坡上，乐于在人们不愿去或不屑于去的贫瘠的地方释放生命的能量。

我喜欢荒草，喜欢它们的自由、无私、低调和顽强；喜欢它们那种表面随意却极为自律的品格；喜欢它们那不追求意义和价值的思想。

初秋的夜晚

初秋的夜晚，凉风习习，送来了阵阵的清爽。

上完课，走出教学楼，我尽量放松自己的身体，让心和着风的舞姿，在温柔的夜色中自由地飞翔。白昼里的蓝天，此时变成了朦胧的陨石色，悠远深邃。几缕白云像飞天身上的飘带，在夜空中勾勒出五线谱一样的线条，我似乎听到了它们在歌唱。繁星点点，闪烁在蓝天和白云中间，像曲谱中的音符，在悠扬的旋律中跳跃着，发出铜磬一般的颤音。当我的头随着优美的旋律转动的时候，发现在南面的天上有一颗最亮的星星。凝望着它，我忽然想起了小时候算卦先生说过的话：你看到的最亮的那颗星星，就是未来的你；那颗星星闪烁的地方，就是你未来要去的方向。自那以后，每当繁星满天的夜晚，我都要寻找最亮的那一颗，每当看到它，我都要久久地凝望，在心中描绘着自己未来的方向。虽然我长大后明白了算卦先生的话其实都是美丽的谎言，但是我并没有责怪和诅咒他。因为我相信，尽管他的眼睛看不见，却在用心描述着美好，为别人勾勒着未来，也给了我前行的动力和希望。因为自那以后，我一直在憧憬和努力着，希望那美丽的谎言能够实现。我甚至相信，那些盲人算卦先生，有时候比我们这些视听正常的人还想得明白，看得深远。

初秋的夜晚，凉风习习。走在这美丽如画的风景中，我的心情变得格外舒畅，对着夜空那梦幻般的湛蓝、那舞动的飞天、那耀眼的明星，我忘却了白天的烦恼，尽情享受着童话般的遐想。

中秋之晨

清晨，走出户外，没想到又是一夜的秋雨绵绵。一些喜欢凉爽的树木和花草，丝毫没有老气横秋的凄凉，它们的脸上挂满了晶莹剔透的雨珠，露出了开心的笑容。忽然，在墙角处茂密的草丛中，我看到了几朵紫红色的牵牛花，像刚刚出浴的花仙子，娇羞欲滴，给这略显寂寥的秋晨带来了一抹春色。

天空依旧阴沉着，偶尔飘零着几滴细雨，落在脸上，像炎热的夏天抹上了一滴清凉油，一丝凉意直透心脾，格外舒畅。路上没有行人，耳边只有枝头鸟儿们清脆的欢叫声和虫儿们悦耳的嘶鸣声，除此之外，一切都是那么安静。

八月十五了。今天或许是一个看不到明月的中秋节。但是，有了这温柔的云和细腻的雨，看着这美丽的牵牛花，听着那天籁般的虫鸣和鸟唱，胸中再怀抱一些淡淡的乡愁，这个中秋即使没有明月，也是无限美好了。

我的天路

天刚刚放亮，没有了夏季的那种湿热和沉闷，天高云淡，秋风习习。我想，我该去我的天路看看了。

说是我的天路，实际上只是一段长约数百米，没来得及修缮的河堤，左边是湖水，右边是小溪。在高楼林立的闹市中，这里多少还保持着一些自然的风貌，也就成了我早晚散步的世外桃源。

这里有成片的、勾起我童年回忆的艾蒿和英英草，有讨人嫌弃的、不小心就会粘在身上的苍耳，还有茂盛的芦荻和芒草，更有那盛开不败的牵牛花；偶尔，还可以看到鸳鸯戏水，白鹭飞天的情景。一年四季，这里都是我的世外桃源。

今晨，凉爽的秋风召唤着我，再次造访这段心中的天路。可是，当我怀着激动的心情走上河堤的时候，发现白鹭已经飞走了，鸳鸯也迁徙了，夏天那郁郁葱葱的芒草吐出了一朵朵白色芦花，遍地蒿草都已颜色发黄，尽显沧桑，整个河堤上的一切都像在演奏着秋的和声。站在满目秋色中，淡淡的失落和怅然一阵阵袭上心头。

季节到了，这里所有的生物，都自知天命，即使冬天不来，它们也很难逃脱被铲除的命运。走在荒芜的小径上，我忽然想起日本平安时代一位贵族诗人的和歌："春日莫烧荒，爱人在其中，我亦在其中。"和歌描写的是一千多年前日本奈良盆地春日烧荒的景象，我不知道和歌中所说的爱人是谁，也无法揣测当时诗人的心境，但此时却感受到了一种情感上的共鸣。我想，用不了多久，随着环境的治理，这段保持着自然状态的天路就会在人们的视野中消失。我的天路或许会变成那人潮涌动、千篇一律的公园绿地，成为市民的又一个休闲场所，从此再也看不到那水中自由游动的鸳鸯和岸边自然生长的芦苇。我的天路，将成为心中一个永久的回忆。

正当我怅然若失的时候，在枯草败叶中，忽然发现了一朵牵牛花，虽然饱经风霜，但依然美丽。她随天明而绽放，伴溪流而欢歌，正在笑傲这满目的萧瑟。

游东湖

今天是国庆节，不必赶着时间去上班，于是又来到了东湖。

来东湖，一是为了心中的牵挂，也是为了避开这喧嚣的闹市。整日都在忙碌，整日都在奔波，心已在这滚滚红尘中迷了路。人间冷暖、是是非非，我不想再看，不想再心堵。我想把自己的一切交给这片荒草和芦苇，哪怕只有片刻，哪怕只是一时。

雾霾笼罩着湖面，对面的建筑群变成了海市蜃楼，芦花已经变成金黄色，牵牛花还在零星开放，白鹭飞走了，只有一群野鸭正在水中觅食。东湖在随着季节悄然变化着，世界也在随着时间不停地改变着。

不变的，只有我这颗淡淡欢愉的、淡淡寂寥的心。

秋晨的雾

秋晨的雾，实在是最好的布景师。它屏蔽了所有我不想看到的东西，包括奇形怪状、冷冰冰的楼宇建筑，发出刺耳噪声的车流，以及一些令人生厌的面庞和身影。

视野只有二三十米，脚下是黄土铺就的润湿的河堤小径。连日的秋雨使湖面扩大，湖水覆盖了原来裸露的水草和鹅卵石。一群群水鸭闻声惊起，扑棱棱滑翔到了水中。露水打湿了芒草，菖蒲轻轻飞散，蒿草的籽散发着独特的香气。

这狭小的河堤就像雾海中的一个聚光灯，光圈随着人的脚步而移动。它又像是一个魔幻般的仙境，我可以享受神仙般的自由。不需要看客，不需要观众，我在这晨雾制造的舞台上演属于自己的梦。

落叶

地上的落叶多起来了。虽然时令还是仲秋，天气还没有让人感觉到寒意，但偶尔会听到树叶啪嗒一声，从绿意盎然的树冠上脱离出来，轻轻落在地上。刚刚掉落在地上的叶片还带着淡淡的绿色，但过几天就会逐渐变黄，变黑。等到一场寒雨或初雪飘过，它们就会腐烂成泥。

悲秋，是因为我们从树叶的生命周期里感知到了人类自己的命运。从生到死，一片树叶，如果不是夭折，生命周期应该是一个春秋。相对于树叶的短暂生命而言，人的生命周期可以长达几十年，甚至是上百年。但无论是长还是短，每种生命都要经历从出生到旺盛，再到衰落和死亡的过程。一片树叶如此，一个人如此，几十亿年，甚至上百亿年的宇宙也是如此。

但是，生命是循环的。今年的树叶掉落了，明年还会有新的长出来。不是因为没谁了，世界就消亡了。树叶、人、宇宙，周而复始，生生不息。所以，悲秋不是悲观，是对生命的体悟，是对生或死的意义的认知。活得壮烈，活得安静，活得幸福，活得憋屈，都是一生，我们只有努力走好这个过程。

记得小时候，看到一片片落叶，如获至宝：在几岁大的时候，是用树枝把它们穿起来；等年纪再大一点，就用耙子和筐把

它们收起来，带回家烧火做饭。那时候只知道要吃饱穿暖，要活着。现在想来，悲秋或许只是温饱后的人们要考虑的无聊事情。

所以，生命就是一个过程，我们只需珍惜它。

重阳

奔波于故乡和他乡之间，没有看到我梦中的风景，只浏览了岁月刻在脸上的褶皱和时光丢在路上的沧桑。还好，那条小河还在，虽然已经枯水；还好，那个村庄还在，虽然多了几幢新房和小楼；还好，那片树林还在，虽然已是新苗圃代替了老胡杨。记忆，是一片片树叶，年年新绿，岁岁枯黄。三十年前，那一串串泥脚印，已经被深深地埋进了土壤。成长的苦闷和彷徨，已经像种子一样，被风吹散到了他乡。当我们在异乡的土地上开花结果的时候，梦又不由自主地回到了故乡。看着路边枯萎了的草和枝头染黄了的叶，常常会想：再过三十年，自己身在哪里，心又将去往何方？登高台，望苍天，白云悠悠，秋光艳艳。极目旷野，莽莽苍苍，秋实归仓。人间正是九月九，恰逢重阳。

霜降

在我的记忆里，霜总是发生在深秋，是秋和冬的分界线。在没有秋风的晚上，她悄悄降临，就像女人化妆用的粉底霜，在大地上薄薄地抹上一层。她没有露水的晶莹剔透，也没有雪的洁白厚重，当阳光一出，就即刻消失得无影无踪。世间的植物怕霜，霜一到，一个个无精打采；人也怕霜，都叫她“寒霜”或“严霜”。人们也经常把受到挫折或失败的人比喻为被霜打了似的。但是，雨、露、霜、雪是兄弟姐妹，它们一奶同胞，只是大自然造就了它们不同的个性。

霜用自己的严酷成就了抗争者的伟大。霜降了，想看霜。我来到了原野，荒草悠悠，漫不经心地告诉我，她刚走，刚走；我爬上了山冈，满山的红叶告诉我，她离去不久，你没看到被她亲吻的脸上留下的红羞；我追到了湖边，洁白的芦花告诉我，她刚走，还说冬已不久；我赶在了黎明前，天空闪烁的启明星，悄悄地告诉我，她刚刚随着月光走过，莫将她的梦境打破。

霜，我不再找你了。我知道，你正在用你的方式为大地作画写诗，当寒露谢幕的那一刻，你就成了大地的主角。

深秋的晨塘

秋天，本是一个伤感的季节。绿柳，逐渐失去了夏日的光泽，静静地将柳叶垂到水中；荷叶，一片接着一片枯黄，映在水面的倒影，更加楚楚动人；芦苇，在风霜中摇曳着白色的芒花，淡淡地述说着秋天的故事。春日的踏青者和夏日的摄影者，似乎早已忘记了池塘的存在，不见了那些热情执拗的身影。此时的池塘，更像一位历经风雨，看过世间百态的年长智者，在秋风中变得异常静谧和安详，独守着这份孤寂。我喜欢黎明的清晨，独自坐在岸边的石凳上，看水中残荷的倒影，听草丛中秋虫的嘶鸣。此刻，我感受到的不是生命的凋零，而是一种自然的宁静。

静静的芒草

一场秋雨过后，那些芒草会怎么样呢？心理惦念着它们，天刚蒙蒙亮就出发了。

街灯刚刚熄灭，阴着天，空气没有昨天想象中的那么凉，或许是气压低的缘故，反而生出一种初春的暖意，再加上雨后适宜的湿度，无论是呼吸还是身体都觉着无比的爽快，昨天的秋冷瞬时一扫而光了。

大波斯菊彰显着高原生物的基因，越开越旺；牵牛花已历时三个多月了，仍在顽强地开放；洁白的曼陀罗花大多缩紧了身躯，像海胆一样的深绿色的曼陀罗籽挂满枝头；一簇簇的苍耳，穿着刺猬一样的铠甲，让人触碰不得。

穿过一片片蒿草丛，终于又见到了我惦念的那片芒草。它们安安静静的，有的匍匐在地，好像还在睡晨觉；有的低着头，像在静静地思考；有的则努力地直起腰，挺起身子，装点着中秋的妖娆。

我喜欢它们那份韧劲，风雨来了就低下头，弯下腰，风雨过后又重新站直。我喜欢它们那种安静和低调，从不卖弄风情，也不争风吃醋。秋风拂过的时候，它们轻吟抒情地歌；夜深人静的时候，它们则悄悄地思念。寒露就要来了，霜降也不远了，可它们还是那么安静，安静。

寻觅

清晨，我依旧习惯性地寻觅着。

寻觅什么？自己也说不清。上班的人急急赶路；买菜的人直奔早市，或拎着大包小包往家走；晨练的人，或伸腰踢腿，或在公园里慢跑；爱犬只管撒尿占地盘……所有的人和动物都在各自忙碌着。只有我，在树根墙角，犄角旮旯，默默地寻觅着。

每当我突然发现了一朵小花或一叶绿草，都会感到莫名的惊喜。因为在这萧瑟的秋风中，在这寒霜到来之前，它们是身边残留下来的极其珍贵的夏天回忆，是生命中最辉煌灿烂的影子。

我不是花痴，也并非单纯地恋旧，我只是在不停地寻觅。或许我不是在寻找夏天，也不是在寻找花草，而是在寻找我自己，寻找自己心的方向和情感的栖息地。

呼吸

走出楼门口，感觉天气一下子冷了许多，我不由自主地缩紧了身子，将手藏进了袖口里。

虽然空气很新鲜，但我并没有大口地贪婪吸入，而是像饥肠辘辘的人嗅到饭菜的香味一样，让甘甜湿润的空气通过鼻腔进入体内，再缓缓地送到肺部，就像一股涓涓清流一样渐渐充满五脏六腑，整个身体无处不感到一种充盈的幸福。在体内完成一个循环之后，再把浊气大口地吐出体外，这样整个身体的内部就像被清洗过一样，格外爽快和通透。

在这初冬的清晨，沉睡了一个长夜的身体，通过呼吸和大自然完成了一次深情的交流。明媚的阳光、洁净的花草、晶莹剔透的露珠，所有的美好，都融入了我的身体，进入了我的血液。

我喜欢，这样的清晨，这样的呼吸。

初冬

冬的脚步越来越近了。

太阳减弱了它对大地的热情，像人一样，睡的早起的晚。清晨，我机械性地起床，走出户外，感到了一股股寒气。在经历了数日阴霾之后，我对天气早已经失望，甚至有些心灰意懒。

可就在这时候，我忽然看到了那片熟悉的晨光，白里透粉，粉里透红，像未施粉黛的羞涩少女的脸庞，出现在东方的天际，映照着黎明的天空。我心中涌动出一些欣喜和激动，不由得加快脚步，向离她最近的方向赶去。

她是一个美丽的乡愁，更是一个遥远的梦，不可能回来，也永远不可能追上。但是，我的脚步不会停，我只要享受这个追逐的过程。

立冬随感

初冬午后的阳光，像吃饱饭后老奶奶慈祥地拥抱着孙儿，将温暖和闲适洒在图书馆长长的台阶上。我想坐着或躺在台阶上，像儿时坐在门墩上一样，一边听着奶奶嘴里哼着“小小子儿，坐门墩儿，啼啼哭哭要媳妇儿”，一边享受着严冬到来之前太阳送上的最后的温暖。对面的湖水波光粼粼，岸边的垂柳长发飘飘，它们似乎还在留恋夏季的时光。对岁月的流逝丝毫没有感觉的青年男女们，正欢笑着在银杏树下拍照。金黄色的银杏叶，好像要挽留住对秋天的回想。不错，在校园里，似乎感觉不到深秋的寂寞和冬日的荒凉。走下台阶，我回头眺望着图书馆，在温柔的冬阳下，她没有了往日的肃穆和庄严，竟像初嫁的新娘一样，露出了羞红的脸。

立冬，是要吃饺子的。午休包饺子的时间不充裕，于是我和夫人约好去了饺子馆。和预想的一样，饺子馆食客爆满，大家都在欢快地吃着饺子。坐在那里吃饺子的还有朋友和他的夫人，于是，我们凑成了一次偶遇的饺子宴。只不过，在这里只管吃不用包，满足了食欲，减少了劳作和麻烦。

饺子是北方人的最爱，或许立冬与吃饺子并没有什么必然联系，只不过是人们为了满足自己的食欲罢了。好在饺子并非山珍海味，没有肉和虾，白菜萝卜也可以做馅，穷人也吃得起。于是，饺子自然也就成了平民化的美食，过年过节吃饺子，也就成了习俗或者是一种仪式。不过饺子确实好吃，每次吃饺子，我的饭量总是翻倍。当腆着饱满的肚子走出饺子馆的时候，竟然早忘了吃的是立冬饺子，只感到了温饱后的满足。

相遇

每一次相遇，都是一次新的发现。我在匆匆地行走，迎着凛冽的寒风，数着天上残存的晨星。我在静静地期待，看着东方天际，从朦胧的青灰色到淡淡的鱼肚白色，再到瑰丽的橘红色。我喜欢她的每一种颜色，我享受这个发现的过程。

太阳没有变，从早到晚，一年三百六十五天，从生到灭，从死到活。变的是漂浮的云，突兀的雨，是反反复复的时光，是阴晴不定的心情。

人生几载？相遇几回？

但愿每一次相遇都是美好，都是感动。

美丽的星星

黎明时分，月亮虽然只剩下半圆，但在清冷的北风拂拭过后，愈加明朗，柔和的光倾泻到大地，风情无限。那张俏丽的面庞似乎只手一揽，便可轻松入怀。

忽然，我看到了星星。在明亮的月光背后，大部分的星光都隐去了，只剩下几颗，或明或暗，或近或远，像金色的钻石一样闪烁在幽深的夜幕中。

没有月亮的时候，它们用自己的一点点微光，聚合起来，点燃漆黑的夜空；当月亮出场的时候，它们便悄悄隐入幕后，把整个天空和世界全部献给了月亮。

这就是美丽的星星。

冬日东湖

尽管惦念着东湖，但为杂务所累，虽近在咫尺，却一直未能成行。今晨，时隔一个多月，决定再访东湖，看看它冬天的样子。

临近冬至的夜是最长的。六点多钟，还是夜色沉沉。但值得庆幸的是昨夜一场大风吹过，集聚多日的雾霾一下子消散得无影无踪了。一弯下弦月显得格外清新明亮，几颗晨星也像刚刚清洗过一样，笑眯眯地眨着亮晶晶的眼睛。虽然天气很冷，但毕竟天公作美，能够有这样好的运气，真要谢天谢地了。天气好，心情也好，身体也跟着变得轻快起来。爱犬见我高兴，也摇着尾巴撒起了欢儿，跑得比自行车还快。

东湖还在，芦荻还在，芒草还在。湖水已经结冰，没有了夏日的漾漾碧波，像一块硕大的玻璃，平整安静地铺在湖面上。芦荻和芒草脱掉了夏日的浓妆，只保留着倔强的茎和白色的花，像一个个坚韧而又柔美的处子，亭亭玉立于水岸。偶尔，一两只不知名的水鸟发出悦耳的鸣叫声，从芦花深处突然飞起来，转眼又没入苇丛之中。

天渐渐放亮了，月亮慢慢变淡，渐渐隐去了身形。东边的朝霞，像红彤彤的火光，映红了楼宇、树木和湖面。人走在湖岸，就如同走在冬日的画中。

一切都是那么美好，都是那么和谐。

人在东湖，仿佛是在梦中，又仿佛梦在我的心中。

冬晨的记忆

在冬天的早晨，起床总是很痛苦的。记得小时候家里没有取暖设施，早晨更是寒冷，不做一番思想斗争，下定决心，很难从被窝里爬起来，尤其是小孩儿。这时，母亲总是第一个起来，用灶膛的火把棉袄棉裤烤热，热乎乎地穿在身上格外舒服。起床后，就着咸菜，喝上两大碗冒着热气的香喷喷的玉米糁子红薯粥，顿时浑身暖暖乎乎的，上学的路上也不觉着冷了。

如今，屋子里有了暖气，已经没那么冷了。但是，起床依然需要勇气和硬着头皮，或许是贪恋被窝的温暖，或许是不想面对白天那烦心的世界。起床虽然很不情愿，但再不情愿也必须要起床。这就像我们的人生，无论如何都要去面对。

今天的运气不错，虽是冬日，却微冷不寒，空气清爽，而且没有雾霾。我仰望着天空，只见星稀斗疏，幽暗深远。

回忆着小时候灶膛的火，回忆着清晨的玉米粥，回忆着暖乎乎的上学路，我又匆匆地向黎明中走去。

冰上东湖

时节已是小寒，正值二九的末尾。睁开眼睛，突然想起了东湖。周日的早晨，可以从容些，于是披着夜色，骑上自行车向东湖出发了。天不像往常那么冷，空气也还不错，只是有些阴天，月亮朦朦胧胧，不过这倒合了我的心意。不知亨利是对东湖有快乐的记忆，还是为了讨好主人，撒着欢儿地奔跑着。

东湖已经完全结冰了。在周边一片草枯叶干、寂寞荒凉之中，冰面成了冬日的主题和唯一的风景。小心翼翼地踩上冰面，看到浅水处的冰已经冻透，感觉安全了，于是像小时候在村子里的濠坑溜冰一样，先助跑几步，然后哧溜溜滑出好几米远。刹那间，儿时的回忆和欢乐都回来了。

天亮了。冰如镜面，平静而安详。看着冰面，看着冰面下被冻住的水草和偶尔游动的小鱼，禁不住又想起了故乡，想起了故乡的小河、故乡的濠坑和那遥远的童年。

踏雪寻趣

感谢寒冷的天气，几天过去了，雪还没有融化。走在雪地上，脚下咯吱咯吱的声音，像动听的音乐，传递着雪的心情和童年的记忆。已然过了浪漫的年龄，但仍然喜欢在雪地上走一走，跑一跑，那一刻似乎又回到了无忧无虑，像雪一样纯净美好的童年。

偶尔发现几棵枯草和一片落叶静静地躺在雪中，是那么安详和幸福。

叶和草、人和雪，都是一样的心情。

冬湖日出

已经有一个多月不来东湖了。一是天气冷，二是日头短，三是景致单调，四是无谓的忙碌。好久不见，毕竟想念。就跟人一样，哪怕自己平时不大喜欢的人，到了过年过节，也不由得要想一想，打听一下。更何况东湖是一位挚友，陪我品尝夏的浓情、秋的蜜意。在这年终岁尾，更应该看一看、访一访了。

湖岸的芦苇和蒿草大多被烧掉了，一些侥幸逃过劫难的，依旧在寒风中摇曳着。湖面的冰已经完全冻透了，但由于干旱和蒸发，不是那么光滑。没有夏季的鱼翔鸟鸣，也没有芦花和人影；南天有淡淡月牙，东面有微微红霞，阵阵西北风扫过冰面，宣告着这里仍然是严冬。

我享受着这寂静的冬晨，回忆着儿时冰封的小河和濠坑。蓦然抬头，发现一轮红日出现在了两座楼宇之间的缝隙中，面对东湖露出了灿烂的微笑。

那美，竟让我一时语塞。

日月同辉

今年农历腊月二十五，太阳和月亮终于见面了。没有乌云作梗，没有雾霾作祟，启明星已悄悄隐去，大部分人还在熟睡，只有冻结的大地、纯净的天空、坚强的树梢和微微的寒风作证。

这是一次伟大的邂逅。或许为此，它们在银河中默默运行，挨过凄风苦雨，躲过流星暗算，等待了几万甚至上亿个春秋。但是，命运总会让它们牵手，相遇，这也是命中注定。

一面羞红映半空，一面皎洁照山河。

日和月，是一对宇宙间永恒的恋人。

冬日的美

我努力寻找着冬日的美。我发现，即使在寒风凛冽、万物萧条的时节，美依然存在着，她依然在我们的身边。树枝、荒草、结冰的湖面，甚至是冻结的泥土，作为生命或能量的另一种形态，构成了世界的另一种景色。但最美的还是朝霞和明月，她们的美是一种大美，神圣的美，是一种需要地球万物顶礼膜拜的美。

但是，世界上任何美都不能自傲，因为任何美都依赖于人。如果没有人，没有一双审美的慧眼，没有一颗赏美之心，世界上的所有美都是不存在的。所以说，美不在外界，不在事物，而在人心。

你的美，需要有人欣赏。否则，就只能孤芳自赏。

美是不讲道理的。比如这月亮，无论是月上中天还是月挂枝头，无论是月圆如盘还是月缺如钩，无论什么时候看，也无论怎

么看，都会觉得美，甚至是美轮美奂。但是在科学家或天文学家眼里却并非如此，登上月球表面就会看到月亮不再是月亮，而是一个没有生命的、岩体裸露的、类似于荒漠或戈壁滩的星球，就像一张褶皱丛生、斑斑点点的老脸，什么嫦娥婵娟，什么举杯对影，都成了无稽之谈。

美不遵从科学的原则，美需要的是宽容、真诚和善良。科学需要的是真实、无情和揭露。但是，美也不能完全忽视科学，背离理性，如果那样，人就会陷入唯美主义的魔圈。美和科学是这个世界的两面，正如人的手心手背，缺一不可。我爱科学，也喜欢美。

冬日小土丘

冬日的小土丘上光秃秃的，除了几条青石铺就的弯弯曲曲的小径，剩下的就是几棵孤零零的洋槐树了。洋槐树将干冷的枝杈伸向天空，像是在对着凛冽的北风述说着冬日的寂寞和寒冷。

没有人到访小土丘，甚至人们都懒得看上一眼，偶尔有几只麻雀落在地上，搜寻着秋天残留下的草籽。没有了春天的鲜花和蝴蝶，没有了夏日的绿荫和蝉鸣，没有了秋天茂盛的蒿草和秋虫，没有了清晨散步的老人，也没有了傍晚孩子们的欢笑，冬日的小土丘就像一座荒凉的孤岛，一切都是那么苍白和了无生机。

或许我是这个小土丘极少的访客之一。每当出门或者回家，我总是舍弃平坦的甬路，走一走这里高低不平的石径。清晨，我照例喜欢在这里目送晓月西下，迎接旭日东升；晚上，我也经常冒着寒风，站在土丘的顶端，默默地数着天上的星星。下雪的时候，我总要踩着石径上的积雪，看一看身后留下的那一串清晰的脚印。不知道为什么，我就是喜欢这个小土丘，哪怕是在这寒冷的冬季。或许是因为这里有许多夏日里的美好回忆，或许是因为在这里可以躲避平日的嘈杂和烦躁，或许根本就没有什么明确的理由。

其实，在我的眼中，冬日的荒凉也是一种美，那是一种抛弃了各种繁华后的朴素的美。就像我们的人生，并非总是青春和得意，更多的往往是孤寂和失意。我们只有挨过它，才能够成长，才能够体会快乐，才能够拥有春的希冀。

今晚，当一轮明月升上头顶的时候，我又走过了小土丘。

春的萌动

清晨出门，小区里人影稀疏，格外安静。东边的朝霞依旧火红，但最好看的还是西边的彩云，碧蓝中透着绯红，绯红中又含着碧蓝，发着淡紫色的宝石光泽，又像透明的魔幻的彩带，优雅地漂浮在长空。

空气中似乎多了一些什么，感觉像暴风雨来临前的那种凝重，又好像有一股巨大的暗流在涌动，让人多少有些不安和躁动。但用鼻子仔细嗅一嗅，什么味道也没有。

我使出浑身解数，想求得平静，但无论如何，这种感觉还是挥之不去。我终于明白了——这就是春的萌动，是深植于我们心中的一种情感植物，到了时节，就必然萌动，避不开，也拦不住。

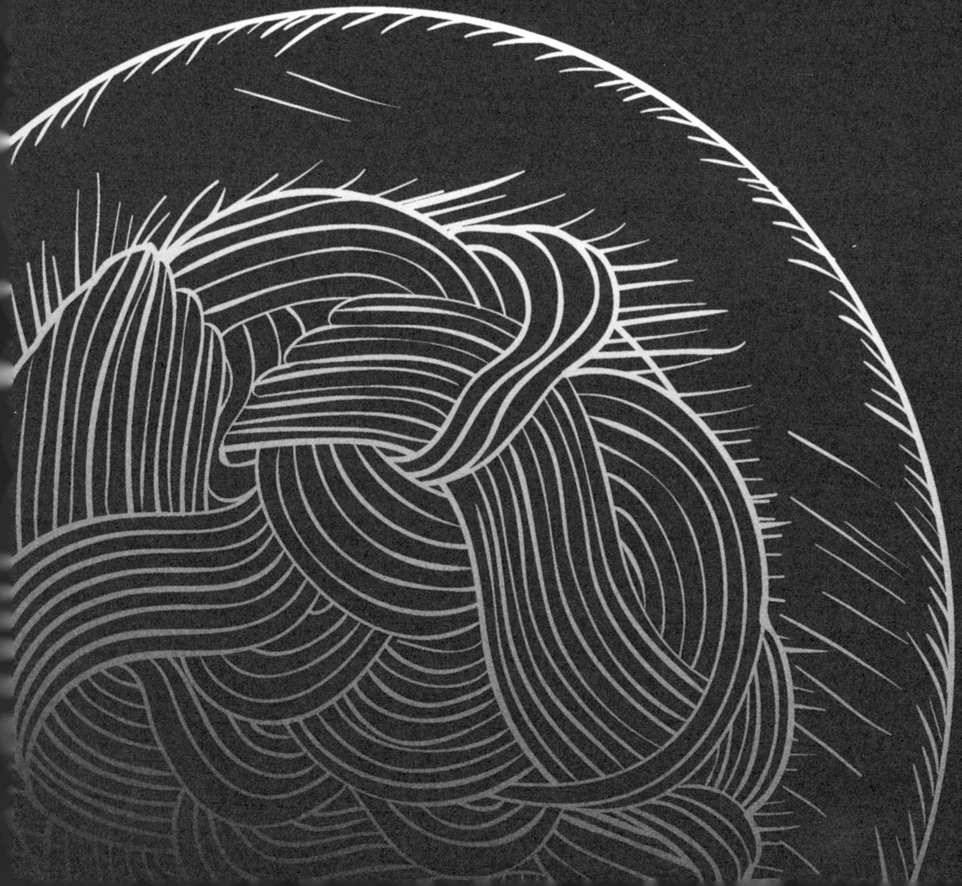

第五篇

家乡的美味

白运章包子

第一次遇到“白运章”，是一件很尴尬的事。

那天是大学入学的日子，我从农村老家来到保定，一到长途汽车站，行李就被热情的学长们搬到了卡车上，我们新生则被安排坐在了通往学校的4路公交车上。考上了梦寐以求的大学，第一次来到这座陌生的城市，见到了许多陌生的面孔，心里既兴奋又紧张。4路车穿行在繁华的裕华路上，一个个陌生的建筑物和门牌匾额相继从眼前掠过，直隶总督署、保定商场、望湖春、古莲花池……我瞪大眼睛看着，有时候也和身边的人小声交流几句。可

就在这时候，有一个写着“白运章”三个字的匾额映入了眼帘。因为“白运章”的“运”是繁体字，而且是用草书写的，很难分辨是念“运”还是“连”。虽然我和身边的几位新生也算得上是县中的“秀才”了，但谁都没学过繁体字和草书，于是就各自猜测，甚至还引起了小小的争论。汽车很快就驶过去了，接下来一个个新的景色不断出现，大家不再关注那个字究竟是念“运”还是“连”了，“白运章”和“白连章”之争也就不了了之了。至于这个店铺是商店还是饭馆，反正与自己也没什么关系，在其后几次路过它门前的时候，也没有再去打听或考证，只是在心里留下了一个小小的疑问。

上大学二年级的时候，有一天受老师委托，陪同一对日本华侨夫妇游览保定市，才第一次知道那个店铺是一家清真包子铺，名字叫“白运章”，而且是保定的一个老字号。

说来已经过了三十多年了，当时陪同的那两位华侨夫妇的名字也已经忘记了，只记得那位男华侨长得很慈祥，戴着一副金边眼镜；女华侨长得白白净净的，中等身材，留着齐耳短发；他们能说些不太流利的汉语。据女华侨说，她父亲小时候曾在保定生活过，后来去了日本，由于种种原因，自离开后再也没有回来过。但她父亲非常怀念保定，经常跟她说起保定的一些故事。前几年父亲病了，在临终前，嘱咐她有机会要去保定看看，并且一定要尝一尝白运章包子。至此，我终于明白了那个自入学时就留有疑惑的名字原来是一个叫作“白运章”的包子铺。

为了了却父亲的心愿，也为了亲眼看看父亲曾经生活过的地方，这位女华侨携同丈夫来到了保定。整整一个上午，我陪着他们游览了古莲花池、西大街和大慈阁等保定的名胜古迹。女华侨一边游览一边寻觅着父亲小时候的足迹。到了午饭的时候，女华侨向我提出了吃白运章包子的要求，于是我带着他们来到了位于裕华路上的白运章包子铺。

包子铺毗邻直隶总督署衙，与著名的古莲花池隔路相望，门上“白运章”三个烫金的大字格外醒目。记得刚一走到包子铺门口，一股浓烈的包子香气就扑鼻而来，开始搅动着五脏六腑的馋虫，身体就像被那香味牵引着似的，不由自主地向门里走去。为了让华侨夫妇感受保定人的友好和热情，我特意向服务员说明了他们的来意，服务员也很热情，直接把我们引导到二楼靠窗的位置。二楼的店面比较大，摆着十几张古香古色的八仙桌，每张桌子上都放着醋和蒜瓣儿。我们坐下后，点了牛肉馅儿和羊肉馅儿的包子各两屉，一边隔着窗子欣赏着裕华路和对面古莲花池的风景，一边期待着包子的出现。

不一会儿，一摞四屉的白运章包子被端上来了。打开笼屉，霎时间，一股热气腾腾的香气扑鼻而来。定睛一瞧，一个个类似大蒸饺似的包子整齐地排列在笼屉里，油光光的，包子皮儿几乎被馅儿里的油浸透了，在热气的笼罩下泛着诱人的亮光。包子的香气钻入鼻孔，一下子充满了整个脑海，还没等吃，就已经让人垂涎欲滴了。用嘴轻轻地咬上一口，一股热乎乎的油便滋滋地冒了出来。为了不让油顺着嘴角溜走，急忙用嘴巴将开口处包裹住，于是油便接触到了舌尖，进而充满了口腔，牛羊肉的鲜香味儿立刻统治了整个味觉系统。这时候，我已经彻底被包子的香味俘虏了。再看那两位华侨夫妇，也不再讲究斯文了，他们小心翼翼地咬上一口之后，就忍不住大口大口地咀嚼起来，嘴里一边吃一边不停地说：“好吃，真是太好吃了！”他们夫妻二人好像整个身体都陶醉在了包子的美味世界里了。看着他们幸福的样子，我也真切感到了保定人的骄傲和自豪。吃着包子，再蘸点老陈醋，咬上口大蒜，偶尔喝上一口冰镇啤酒，我相信即便是神仙也比不过了。难怪吃完之后，男华侨嘴里打着饱嗝，还在不停地说着："最棒，最棒了。"女华侨则满怀激动，悄悄地向父亲祷告："父亲，谢谢您，我们来了，太好了！"

虽然已经过去了几十年，但直到今天，陪同华侨夫妇吃白运章包子的情景仍然历历在目，那也是我第一次吃白运章包子。自那以后，无论什么时候，脑子里只要一想到或听到"白运章"三个字，嘴里马上会分泌出许多口水来。自那以后，我便成了白运章包子铺的常客。无论是去裕华路游玩或逛保定商场，必然要光顾一下白运章包子铺。隔上一段，就会想念。

在参加工作之后，我去过好多地方，也吃过许多种类的包子，但是还没有哪一种包子比得过白运章包子。保定的白运章包子，个大、皮薄、馅儿足，正像北方的汉子，稳重、踏实、不拘小节，又内涵丰富、耐人寻味。吃遍天下的包子，最好吃的还是保定的"白运章"。

白运章包子虽说是包子，但不同于一般的发面包子。它的形状类似大个儿的蒸饺，包子皮儿是硬面儿的，馅儿是精细的牛肉或羊肉加以白运章特制的调料做成的。白运章包子，在保定可以说是家喻户晓了。但是白运章包子还有"中国一绝"的美誉，知道的人并不多。白运章包子的绝妙之处不仅仅是好吃，也不是馅儿的制作方法，而在于它皮儿的制作工艺。一般的包子皮儿，都是用一根擀面杖对面剂儿反复碾压几次，而白运章包子的皮儿则不同，它是面皮儿师傅手持两根擀面杖，一次碾压而成，而且在擀压的间隙里，要在面板上敲击出鼓点儿似的节奏。这种擀面皮儿的绝技，我只在央视的节目中偶尔看到过一次。那是在我见到的所有美食制作过程中最高超最美妙，堪称艺术享受的一个画面。

随着企业的改制和商业街道的规划，裕华路上莲池对面“白运章”的匾额曾几何时不见了。这让我对这个百年老字号惋惜不已。某一天，我忽然在保定商场后面直隶大剧院的旁边，又发现了“白运章”的匾额和店铺，虽然从前街搬到了后街，从大路迁到了小巷，但是那三个苍劲有力的烫金大字没变，那沁人肺腑的香味也没变，那多年前美好的记忆又浮现在眼前。我兴冲冲走进去，坐在八仙桌前，大口咀嚼着久违的美味，内心感到无与伦比的幸福。至此，我也更加理解那位老华侨的思乡心情了。对于那位老华侨以及小华侨夫妇来说，“白运章”或许就是他们的乡情。而我们每个人何尝没有一个藏在心中，想起来就馋的乡情呢？

吃过了白运章包子，我不再想吃其他的包子。白运章包子，你是我的最爱，也是保定人的乡愁！

保定驴火

每次出差回来，如果没有吃饭，或者没有食欲的时候，总是先想到驴肉火烧。有时候即使半路上饿了，也要忍一忍，坚持到回去吃驴肉火烧。

驴肉火烧不是什么名贵食品，也算不得山珍海味，甚至登不了大雅之堂，但每每出差回来或招待外地的朋友，第一个想到的还是它。

驴肉火烧首先是要肉好。肉有多种，瘦的、肥的、板肠的，精品的、豪华的，种类不一，价格也有很大差别。但我最喜欢的还是那种所谓“肥瘦的”，即肉里以瘦肉为主，略带点肥。这样的驴肉，不干不硬，入口柔软，放进嘴里，等不到咀嚼，香气已经溢满口腔，油汁儿流到嘴角，让人禁不住一通狼吞虎咽。

当然，火烧也非常重要，最关键是要外焦里嫩。这种外焦里嫩不是油炸出来的那种，也不是面包烤制的那种，而是用一种特制的炉子烤出来的。火烧刚出炉，白胖胖，热腾腾，即使不加肉就已经让人垂涎欲滴了。

肉夹到火烧里要适量，多了油腻，少了不够香。有经验的厨师从来不用秤，而是将刚出炉的火烧用刀拉开一个口子，然后看似漫不经心地将一把驴肉塞到里面。肉贴着皮儿，皮儿夹裹着

肉，圆滚滚、胖乎乎的驴肉火烧就这样做好了。

驴肉火烧是平民的食物，享用的时候要不得斯文，无论是贩夫走卒、高官显贵，抑或是小家碧玉、大家闺秀，都需用手抓住火烧，大口地咬，快速地嚼。吃的似乎不是食物，而是一种热爱或兴致，那热乎，那香气，那柔软，那咬劲儿，就像时而高亢悠扬，时而百转千回的保定老调梆子，让人陶醉其中，吃着吃着，连魂儿都不知道哪儿去了。

吃驴肉火烧的时候，不可缺少的是一碟特意腌制的小咸菜或小辣椒。它们是驴肉火烧的最佳拍档，就着驴肉火烧吃上一点儿，就像吃大餐美味的时候喝上一口小酒，那感觉就别提多惬意了。

但是，驴肉火烧和其他一些快餐不同，最好不要在孤独或伤心的时候吃，那样不但食之无味，而且会加剧痛苦，你可以叫上家人或邀请朋友一起。因为驴肉火烧的意义不仅仅在于果腹，它夹裹着的是浓浓的人情、友情，甚至是爱情。

虽然，现在好多地方都可以吃到驴肉火烧，而且样式也是五花八门，但我是不想吃外地的驴肉火烧的，准确地说是不屑于吃的。这不仅仅是出于本地人的自尊和自豪，更重要的是保定的驴肉火烧自身就带有保定人的一种憨厚、直白和倔劲儿，吃的就是这个老保定味儿。

如果你吃过一次真正的驴肉火烧，或许就不会再想吃肉饼或肉夹馍了，更别说什么麦当劳和肯德基了。

保定的驴肉火烧，有驴一样的憨厚和倔强，也有火一样的温暖和热情。

我爱你，“保定驴火”！

板面，爱你没商量

在经过反复询问衡量之后，我决定听从学生的建议，放弃鸡蛋灌饼，改吃牛肉面。我叮嘱了学生好几遍，千万不要放辣的。等学生把面买回来，我又特意问了一句："不是辣的吧？"学生说："老师，没让放辣椒，只是放了四川豆瓣酱。"听学生说完，真是哭笑不得，四川豆瓣酱就是辣椒做的，甚至比普通辣椒还要辣。看着那香喷喷的牛肉面，我馋得直咽口水，但没有办法，只好把一大碗香喷喷的牛肉面让给了喜欢吃辣的年轻同事。

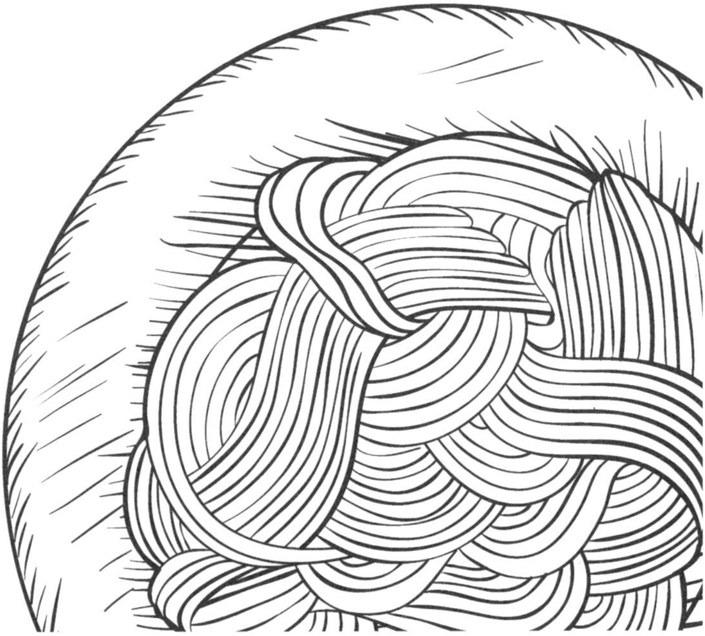

同事很是热心，见我饿着肚子还在忙工作，于是主动去帮我买面了。说来还是成年人可靠，同事帮我买来了我一向喜爱的大碗板面。看着那宽宽的、厚厚的、白白的、朴实无华的板面，看着那圆圆的、白里透青的鸡蛋，看着那翡翠般墨绿色的菠菜叶，闻着那熟悉的、沁人心脾的老汤的香味儿，我内心开始有些激动了，眼睛盯着板面，嘴角蠕动，有点垂涎欲滴了。

我再也控制不住自己，等同事一离开，我赶紧关好门，端起碗，用筷子夹起一根面条，一下子就放进了嘴里，然后忘记了斯文，大口地咀嚼起来。顿时，一天的疲劳和连日来的郁闷烟消云散了。

感谢板面！感谢同事！感谢生活！人活着，需要吃，更需要吃自己喜欢的味道。如果吃到了，那便是人生快意！

吃粽子

小的时候，我只知道端午节就是吃粽子，吃粽子就是在过端午节，根本不知道为什么要吃粽子，更没有听说过纪念屈原之类的故事。可以说，粽子就等于端午节。

那时候，因为没有江米，一般都使用黄米，即黍子米。黄米粒儿小，黏度也不错，有一种浓浓的黄米香气，只是没有江米细腻柔软，口感略硬。粽子里一般是要放大枣的，但那些枣儿都是自家树上产的，无论从个头还是甜度和现在的枣都相差很远，尤其是有些枣儿还是被虫子咬过的，不但不甜，还带有苦味儿。所以直到现在，我仍然不喜欢带枣儿的粽子，吃的时候总想把枣儿挑拣出来。

因为那时候物质匮乏，吃完粽子，粽子叶还要洗净，晒干，小心地保存起来，等明年五月端午的时候还要重复使用。而且当时家里没有冰箱，粽子蒸好之后，为了在炎热的夏天能够多保存些时日，就要将粽子泡在凉水里，随吃随拿。

现在，生活富裕了，我们不仅仅是在端午节能吃到粽子，只要想吃，在超市、食品街，任何时候都能够买到，而且粽子的种类繁多，江米的、黄米的，甚至还有广东的肉粽子、上海的豆沙馅儿粽子、山东的栗子馅儿粽子等。

好多年没有吃到黄米粽子了，我的心里仍然怀念黏黏的黄米粘到嘴边和手上的感觉，也忘不了用舌头舔手指时的那种专注和香甜。

今天，父母从老家托人捎来了黄米粽子。当我剥开粽子叶，轻轻咬上一口，慢慢咀嚼的时候，童年的那种温馨和甜蜜的感觉一下子又涌上了心头。

果子和老豆腐

昨天在微信圈发了一组照片，有年轻的朋友说看不出来是什么，发来信息问我。我想，连这个都不知道吗？果子、老豆腐。但转念一想，说也难怪啊，这种过去街头巷尾随处可见的吃食儿，现在似乎很少了。

果子、老豆腐，虽然原料和工艺跟我们现在常吃的油条、豆腐脑差不多，但形状和口感还是有很大不同的。果子呈椭圆形，比那一根棍似的粗大的油条不但外形美观，而且团团圆圆，多了几分喜庆和吉祥；老豆腐虽不及豆腐脑华润绵软，但多了几分咬劲儿，比豆腐脑吃起来更有豆腐味儿，再加上一些韭菜花、香油、醋之类的调料，热乎乎地放到嘴里一嚼，实在，厚重，有质感，就像跟北方的农民打交道，心里感觉很踏实。

再者，“油条、豆腐脑”这种叫法也让人有点不舒服，它会立即让人想起“老油条”“猴脑子”等贬义词语。而“果子、老豆腐”的叫法，不但喜气，还透出一种淡淡的怀旧情绪。虽然也很通俗，但通俗里还隐含着一种雅致，一种美感。

油条、豆腐脑，充其量不过是一种果腹之物，好吃是好吃，却带有某种粗俗的市侩之气；而果子、老豆腐则不然，他们之中隐含着百姓的智慧，包含着民族和地域的文化气息。

从某种意义上说，吃果子和老豆腐，吃的是一种乡愁和文化。

三明治和鸡蛋灌饼

在国外留学的时候，早晨为了赶时间，经常吃三明治。将软软的、薄薄的、淡黄色的面包，分作几层，夹上火腿肠、生菜叶和色拉酱之类的，制成立体三角形状，整齐地摆放在冷藏的玻璃橱柜中。从外面看上去，黄、白、红三色相间，一下子就勾起了人的食欲。咬上一口，面包的松软、火腿肠的细嫩、生菜的清脆，酸中带甜，甜中含咸，咸中又有香味儿，顿时让人生出无限的幸福感，这也算是世界上的一道快餐美食了。

饮食是一种习惯，我们不必因为喜欢自己国家的美食就贬低西餐。饮食又是一种文化，别说国家之间，就是中国的各个地区之间也存在很大差异。喜欢的，一般都是家乡的、自己母亲做的童年的味道。没有一个人因为吃了别处的饺子，就埋怨自己母亲包的饺子味道不好。

其实，比起三明治和牛奶，我还是喜欢鸡蛋灌饼和小米粥。因为三明治和牛奶虽然蛋白含量高，但总是冷冰冰的。它比不了热乎乎的鸡蛋灌饼和小米粥。因为这里面包含着制作师傅的情感和热情，也包含着我们这些吃货喜爱家乡的一片热心。

榆钱坨子

小时候，几乎每年春天都要吃上一两次榆钱坨子。那时候榆树很多，等春天榆钱满枝的时候，腰上挎个小竹篮，脱掉鞋，噌噌噌地爬上树，捋下一把把新鲜的榆钱，装满竹篮，遛下树，跑回家，将榆钱交给母亲，自己的任务就算完成了。母亲将榆钱洗净，撒上些玉米面和盐，在瓷盆里搅匀，然后往热锅里淋上少许花生油。待油热后，将和好的榆钱倒进去，随着嗞啦一声响，花生油和榆钱的香味就钻到鼻孔里了。很快，榆钱坨子就出锅了。吃上一口，从嘴里美到心里。

今天，回想着母亲的做法，我也尝试了一下。只不过玉米面换成了全麦粉，还加了几个鸡蛋，花生油也多了几倍。年近九旬的老岳母吃上一口，竟然破例地说了句：“好吃！”

扒糕

第一次吃扒糕大约是二十年前了。当时来岳母家，听说深泽的扒糕很有名，正好赶上村里过集，于是就在小摊儿上吃了一次，然后就深深地印在脑海里了。

今天回老家探望岳母，恰好赶上村里过集，又遇上了那个卖扒糕的小摊儿，只可惜昔日的摊主已经换成了他的儿子。

坐在摊前的小板凳上，看着摊主熟练地调制着扒糕，嘴里已经有些垂涎欲滴了。待扒糕做好，用小勺轻轻放到嘴里的那一刻，二十年前的味道马上就回来了。

扒糕是荞麦面做的，据说扒糕的口感完全取决于师傅的手艺。摊主先将圆形的扒糕饼子切成均匀的小块儿，然后浇上麻酱、蒜汁儿、香油和醋，一份美味可口的扒糕就做成了。扒糕入口滑润，兼有面食的劲道，加上麻酱和芝麻油的香味、醋酸和蒜辣，毫不逊色于那些大餐。摊主做买卖很是实诚，一块钱一份，价钱便宜，如果只是满足一下味蕾，一份就够了；如果要想填满肚子，也只需要两三份，算起来也只需两三块钱。

吃完扒糕，仍有些恋恋不舍，很想带回一些分送给朋友吃，可一旁的一位食客却说：扒糕最好是在这儿坐着吃，吃的不仅是扒糕，还有这个情调和氛围。

我想，这或许就是饮食文化了吧。离开了那方水土，离开了那个摊位，离开了那个摊主，也许味道也就变了。

玉米粥

今天回家晚了，妻子不在，翻了翻，家里连方便面都没有了。正在犯愁的时候，忽然想起来前几天亲戚从老家捎来一些棒子糁（玉米糁），于是就决定熬玉米粥了。按照小时候的方法，等锅里的水煮沸后，一边用勺子搅拌，一边将玉米糁均匀地撒向锅里，然后不减火势继续熬。为了防止玉米糁打团或粘锅，要不停地搅拌。用不了几分钟，锅里的玉米粥就咕嘟咕嘟地冒起泡来，越来越浓，黄澄澄的，清香四溢。等熄灭炉火，将粥再稍微晾上一会儿，趁这时间再切上一碟小咸菜。此时已是饥肠辘辘。几分钟过后，玉米粥已经不那么烫了，盛上一大碗，顺着碗边吸溜一口，等玉米粥的香味顺着口腔进入食道和胃里，儿时的回忆顿时全都回来了。此时，再吃上一口小咸菜，于是再也忍不住，呼噜呼噜地大口喝了起来。一碗不够，又喝一碗，直到肚子有了饱胀的感觉。喝完了粥，拍拍鼓鼓的肚子，一种满足感和幸福感油然而生。嘴里不禁感叹：山珍海味，真不如儿时的一碗玉米粥好啊！

吃月饼

想起小时候吃月饼的事，心里总是酸酸的、甜甜的。

八月十五前一天，父亲提着一个小油纸包回来，立即引起我们兄弟姐妹的注意力，每个人心里都清楚，那是月饼。渴望但是不敢奢望，因为即使刚刚懂事的弟弟、妹妹也知道，此时还没有到吃月饼的时候。母亲小心翼翼地将包着月饼的小油纸包藏到柜橱最高的抽屉里，除了防猫狗外，也许是在防备我们偷吃。于是，直到中秋之夜，我们脑子里的小油纸包再也挥之不去了，就连做梦、干活的时候都在想，那香甜的豆沙、伍仁、青丝玫瑰馅，油汪汪酥脆的月饼皮，越想越馋，嘴里已经满是口水了。

那一刻终于到了。一轮明月升上中天，秋风习习，格外清爽。这时候，母亲小心翼翼地将油纸包从厨子里取出来，然后慢慢打开包装纸，月饼只有四块，我们四个孩子一人一块，母亲一一分发到我们手里。性急的我两三口便吞下了自己的那一快，然后再眼巴巴地看着别人慢慢地吃自己的那一块。姐姐想把自己的那一份分给父母一些，但父母拒绝了，他们说不喜欢吃甜的。但是，我分明看见母亲在用手撮着纸包里掉下的碎渣儿，父亲则在一旁看着我们的吃相微笑。

后来我才知道，不是父母不喜欢吃甜的，而是一块月饼的价钱可以买好几斤粮食，而父亲当时的工资只有二十几块钱，勉强供全家人度日，所以买这几块月饼，父亲也是下了很大决心的。

又到八月十五了，回忆往事，心里既甜甜的，又酸酸的。

吃与文化

今天做了槐花饼，已经有些痴呆症状、平时寡言少语的老岳母突然嘴里蹦出了“好吃”两个字，让我就像在朋友圈里得到了某些非常矜持的朋友的点赞，有一种格外的成就感。

“民以食为天”，吃是天大的事。小时候，常常处于饥饿状态的自己，食欲旺盛，无论是玉米山药面还是野菜杨树叶，从来没觉着有什么不好吃。因为只要能吃饱，能果腹，就是最大的满足。至于白面、肉食之类的美味佳肴，就是非常奢侈了。所以，很多年以后，每当我吃一些山珍海味，都有一种负罪感。但是，近年来生活水平提高了，好吃的东西多了，也就习以为常了，甚至也学着人们开始接受一些饮食文化之类的东西了。

今天，看着老岳母的吃相，不禁又想到，吃首先是生存的需要，是一种本能，只有当温饱问题解决了，才有所谓的文化。小时候从树上撸下一把槐花放进嘴里大嚼或搅和些玉米面的槐花团子绝不能叫什么饮食文化。只有今天加上鸡蛋，用白面搅拌好，再用上好的色拉油煎炸过的槐花饼，才能叫文化。文化应该是饱食之后的一种高雅的精神享受。

老岳母虽然有些痴呆，但却能尝出我的槐花饼好吃，说明我的槐花饼里或许已经有了文化的成分。

第六篇

心中的圣殿

桃花与图书馆

往年热闹的校园，此刻显得异常安静。春天的阳光像是人们刚刚吃过午饭，带着满足的表情准备午睡似的，懒洋洋地把一片祥和洒在了紫红色的楼宇上。当我穿过甬路，接近图书馆的时候，忽然发现，一处墙角的桃花开了。从远处望去，在光秃秃的树丛中，一树桃花像一把粉红色的伞，又像是一团散开的绚丽烟花，给这寂静的校园带来了春的生机和气息。我急忙走到近前，桃花显得更加绚烂美丽，它类似樱花般的娇小花瓣，组成一个淡淡的粉色花朵，幽幽的清香引来许多殷勤的蜜蜂。蜜蜂嗡嗡地叫着，在花朵中忙碌地采集花蜜，而小花朵们好像非常喜欢这些执着的朝觐者，和它们愉快地说笑和游戏着。自然，一切都是那么自然，没有娇饰，没有雕琢，不用人的赞许，也没有喧嚣的打搅。桃花，在自己的世界里静静地享受着温暖的时光，享受着短暂而瑰丽的幸福。仔细端详着这美丽而单纯的桃花仙子，我为自己感到深深地庆幸，庆幸在这疫情期间没有错过这短暂而珍贵的花期。

我从各个角度欣赏着桃花，我想把它的美好和快乐全部留在心里，扫除阴郁已久的疫情和冬霾。正当我忘情地享受这美好的梦境的时候，透过花枝的缝隙，我忽然看到了在春阳下那端庄秀丽的图书馆。不知是图书馆作了桃花的背景还是桃花点缀了图书馆，二者相映成趣。

玉兰花与图书馆

初识玉兰花是几年前的事。初春的某一日，在外语楼的一侧忽然发现了一棵树开满了白色的花，但我却不知花名。听一旁的学生说，才知道这是玉兰花。为了掩盖自己对花的知识的贫乏和作为老师的虚荣心，虽然心里很是惊喜，但脸上却故意装作一副早就知道的样子，嘴里还不停地附和着："好美啊！"

自从知道了玉兰花之后，也就开始关注玉兰花了，看到它的机会似乎也越来越多了。公园、小区、学校、街道两侧，玉兰花无处不在，而且玉兰花的颜色有白的、红的、粉的、紫的，五颜六色。据说玉兰花是保定的市花，这让在保定生活了几十年的我真有些汗颜。

在春天的花卉中，玉兰花算是开得早的。在迎春花开过之后，就是玉兰花了。玉兰花开花的时候叶子还没有长出来，花开得很单纯，花形比起迎春、桃花和杏花等都要硕大，花瓣也厚实质朴，很像北方的女子，质朴中透着一种含蓄，美丽中透着一种单纯，泼辣中透着一种大气，率直中还透着一种娇嗔。

今天中午下班的时候，我忽然发现图书馆的楼下也开出了一片玉兰花，在图书馆紫红色墙壁的映衬下，更显得纯洁无瑕，婀娜多姿。看着这些美丽的玉兰花，我忽然想起了日本作家太宰治在《富岳百景》中的一句名言："月見草は富士山によく似合う（月见草与富士山很相配）。"

这样看来，也可以说"玉蘭の花は図書館によく似合う"（玉兰花与图书馆很般配）吧。

田旋花与图书馆

几朵娇小的田旋花在早晨凉爽的微风中轻轻摇曳着，夏日的阳光带着充足的热情，又含着几丝温柔，倾泻在粉红色的花瓣上，让它平添了几分可爱。

周围的树木、草坪、池塘以及头上的碧空，都那么安静地守候着它，如果不是远处传来的汽车鸣笛声和附近学生们的喧嚣声，这个世界仿佛凝固住了一般。在一片黄土裸露的草地上，田旋花对着太阳，对着悠悠的碧空，淡淡地微笑着。它好像与周围人和事，都断绝了关系，只是在那里恬然自得地微笑着。

绛紫色的图书馆依然是那么庄严和伟岸，高高地耸立在校园的正中央。不知小小的田旋花能不能看到图书馆，也不知道高大的图书馆能不能看到田旋花。一个是自然的造物，一个是人工的建筑，在这二者之间，似乎隔着许多天然的屏障。但是，当我俯下身，蹲在田旋花身旁眺望图书馆时，忽然发现田旋花与图书馆是相映成趣的。

实际上，世界上的美，没有大小高低之分，也没有贫富贵贱之别，它们都在用自己的真诚，装扮着这个世界。

邂逅图书馆

周六上午，我偶然来到了本部，邂逅了疫情期间的图书馆。

因为离工作还有一段时间，我本打算到毓秀园转一转，可不经意间，却被眼前的图书馆吸引住了。清晨刚刚下过小雨的天空飘着朵朵白云，天气不冷不热，温湿度适宜。在微风的吹拂下，一朵朵棉絮似的白云像草原上的羊群，缓慢地移动着，从云的缝隙中，露出了一条条和一块块的蓝天，虽然面积不大，却格外澄澈。在蓝天白云的映衬下，用白色瓷砖镶嵌了墙壁的图书馆显得格外洁净和端庄秀丽。我似乎是第一次发现这个老建筑竟如此美丽，于是放弃了去毓秀园的打算，想趁着安静的时刻，再仔细端详和欣赏一下这座平时不大在意的老图书馆。

说是老图书馆，实际上比起后面那座已改为校史馆的老图书馆，只能算作是中年的年龄。它建于二十世纪九十年代，只有五层楼的高度，比起旁边的行政大楼和附近的高层建筑，甚至有些矮小。但是，这座图书馆在建筑风格上却颇具特色，它的体形稳重，下大上小，错落有致，就像俄罗斯方块叠加起来的不规则魔方结构，彰显了改革开放初期既追求个性解放，同时又有些保守的精神特征。整个建筑既新颖别致，同时又简约稳重，散发着二十世纪末的一种社会和民众的独特审美风貌，也体现了那个时代的审美情趣。仔细端详着它，看着由启功先生题写的“图书馆”三个舒展流畅的大字和两侧朴实无华的浮雕，我不禁从心底产生了一种喜欢之意。

看完了图书馆的正面，我不由自主地又来到了侧面，想从不同的角度审视一下它的别致。此时，微风习习，头顶的白云渐渐散去，初夏的阳光洒在图书馆的身上，白色的瓷砖墙壁熠熠光辉。周围上百年的老槐树、苍松翠竹，把图书馆紧紧地簇拥在郁郁葱葱的绿色当中。它就像一朵洁白如玉的花朵，又像一位端庄大方的美妇，优雅地微笑于绿树丛中，还略带着一些低调的羞涩和婉约的神秘。

来图书馆工作四年多了，我一直在夸赞新图书馆之美，而今天我似乎意外地邂逅了这座老图书馆之美。与周围的许多标新立异、高大新奇的建筑相比，眼前的图书馆是平凡的，甚至有些落伍，但是它有自己的独特之美。这不仅仅源于它的建筑美学，也不仅仅在于阳光的照耀、白云的映衬和绿树的簇拥，而在于它平凡的外衣中，装满了滋润万千学子和人类灵魂的丰富的典籍。

这座久经风雨的图书馆是河北大学的宝库，是老校区的精神象征。我喜欢它朴素的容颜，更喜欢它饱满的内涵，我也愿意与它一起随着时光的流逝，慢慢地老去。

初夏图书馆

今天，由于汽车限号，我只好坐校车去了学校。又偏偏赶上道路维修，校车把站点改设在了小花园前。正像否定之否定，两个不凑巧碰到一起，反而成了一种凑巧，这正好让我从另一个角度欣赏了图书馆。

沿着小花园向前走去，有一条石板铺就的弯弯曲曲的小路，小路旁边是一条人造的水渠，水随路流，人随路转，走在里面，别有一番情趣。小路和水渠两旁长满了各种植物，满眼的新绿，郁郁葱葱。正在行走时，忽然发现一片鲜红的月季花开放了，散发着五月的美丽和激情。在月季花旁的草地上，娇小可爱的田旋花和蒲公英花也开放了，粉红和鲜黄的花朵与早晨的阳光交相辉映，让人感到了一种田园之美。正当为这美景赞叹之时，水渠变得宽阔起来，前面出现了一片湖泊。在阳光的照耀下，湖水波光粼粼。在湖水中，我忽然发现了图书馆的倒影。抬眼望去，那座端庄秀丽的图书馆又呈现在了我的眼前。

蓝天白云之下，图书馆如一位静谧的处子，优雅而高贵地伫立在湖水对岸。在初夏的微风中，我站在小花园中，眼睛穿过树丛、鲜花和湖水向图书馆望去，又发现了图书馆的另一种美。无论是绿柳还是红花，也无论是小路还是流水，都与图书馆很相配。我忽然想起了苏东坡的那句诗："若把西湖比西子，浓妆淡抹总相宜。"图书馆正是我心中的西子吧！

"一塔湖图"

北大图书馆的同仁把博雅塔、未名湖和图书馆幽默地称为"一塔湖图"，恰好与"一塌糊涂"谐音。

第一次听到这个说法，觉着甚为新奇和有趣。开始以为北大图书馆似乎有些往自己脸上贴金或沽名钓誉之嫌，故意与博雅塔和未名湖相提并论，因为博雅塔和未名湖是北大的标志，其声名远播，远非图书馆可比。但仔细一想，其实不然，不用说北大图书馆馆藏文献之丰富，也不用说它历史之悠久，单说李大钊、毛泽东这些伟大人物的名字，你就不得不佩服得五体投地了。所以说，"一塔湖图"应该是三者相得益彰。

披星而出，戴月而归。短暂而紧凑的会议日程，只能从图书馆楼上的窗口眺望博雅塔，而未名湖只得失之交臂了。未名湖冬天的景色如何？结冰了没有？站在北大图书馆的新楼上，望着高高耸立的博雅塔，想着美丽的未名湖，心中不免有些遗憾。但遗憾之中，也得到了一些感悟。人生之遇与不遇，时也，命也！而非全是人力可及的，只要我们尽力就好了，在自己的人生中，与日语的相遇是自己的幸，与图书馆的相遇也是我的幸。有此二者，当足已。至于其他的，尽可“一塌糊涂”吧！

遇见莫言

遇见莫言，绝对是一个幸运。

这一天是重阳节，可天气并没有想象中那么好，多云，空气中还略带着一丝深秋的凉意。

几天前，就听说莫言要来，目的是应邀在河北大学百年校庆上做学术报告，并受聘河北大学特聘教授。当时我想，作为诺奖得主，世界著名作家，能和莫言见上一面就不错了，其他的就不敢奢望了。

重阳节的上午，古籍中心的老师突然告诉我：学校通知，下午五点莫言可能要到图书馆古籍中心参观。听到这个消息，我心中燃起了一丝希望。如果是这样，我就可以近距离接触一下大作家莫言了。

近年来，或许是年岁大了，也或许是看惯了日常的人人事事或蝇营狗苟，对一些花红热闹减少了兴趣，更没有了趋炎附势的想法。经常有一些大人物来图书馆古籍中心参观，我基本上都是例行公事，按照上级的安排，恭恭敬敬地迎，恭恭敬敬地送，从来没有想接近过，况且那些大人物来的时候，往往都是从者众多，也很难有机会靠近。但不知为什么，一听说莫言来，自己的心脏竟然波澜微起，产生了一种想要接近的冲动。于是，我放下了手头上一些其他的工作，下午刚一上班就早早来到了图书馆，一边布置接待工作，一边等待莫言的到来。

大约下午四点多，学校方面打来电话，说莫言正从学校的办公楼向图书馆走来。听到这个消息，我急忙下楼，赶往图书馆门口迎接。刚走出门口，就看到在一群人的簇拥下，莫言来了。

生活中的莫言，跟在电视和媒体中的样子相比并没有什么区别。他中等身材，方脸，头发不是很浓密，额头显得很宽，单眼皮，眼睛不大，但很有神；再往身上看，上身穿一件灰黑色的夹克衫，下身穿黑色裤子，脚上是黑色皮鞋。他的整个身体显得很结实，走路的样子也很稳重，这或许是因为他年轻时曾经有过军旅生活的缘故吧。如果再仔细端详一下，发现他的眼睛、眉毛、鼻子、嘴巴，以及整个脸颊，都透露着一种亲切和慈祥，而且显得很朴实，就像一位身边的农村大叔，但亲切和朴实之中，又略带有一丝威严。

我来不及仔细观察，急忙走上前去，跟莫言握手寒暄，然后引领着莫言及一行人穿过前厅，上了图书馆二楼的古籍中心。

在古籍中心主任的引领和讲解下，莫言先后参观了《坤舆全图》《唐写经》和馆藏宋刻本等一系列珍贵古籍。他对李鸿章使用过的书箱颇感兴趣，还站在书箱一侧，让工作人员照相留影。

看完古籍，莫言准备要走了。这时候，我急忙抓住时机，说道："莫言老师，我们馆收集了您所有的作品，请您看一下吧！"莫言点头表示同意，他和一行人跟随着我来到事先摆放好莫言作品的阅览桌旁。书有几十本，摆满了一张大书桌，由于购书时期不同，有的书几经借阅，变得很陈旧。在莫言浏览这些书籍的时候，我随手拿起一本已经翻旧了的《莫言散文》，翻开了"从莲池到湖海"的一篇随笔。这篇随笔正好记述了莫言在狼牙山下当兵时，向

《莲池》投稿，初次踏上文坛的故事。

我找出其中的一句话，给莫言读了一下：“我不敢想象，如果没有《莲池》给我的勇气，我会不会成为作家。”读到这里，后边的一句话我故意省略掉没有读出来。这时候莫言则一边笑着一边接着我的话读了下去：“但《莲池》终于穷死了。”“但《莲池》终于穷死了”，虽然只有寥寥几个字，却包含着莫言对《莲池》这部他文学起步时期期刊的惋惜和心酸，同时又用幽默的语言表达出来，充分显示了莫言的语言功底和表达魅力。我与莫言的这种一唱一和的朗读，犹如戏词一般，引得在场的人都笑了起来。

看莫言兴致很好，我紧接着又向他提出了一个新的请求：

“莫言老师，能否给我们图书馆留下一份墨宝？”

“好啊，写什么呢？” 莫言愉快地答应了。

“写什么都行。”

没等我回答，站在一旁的古籍中心主任回答道。

我没有想到莫言答应得这么爽快，心里非常高兴，赶忙和同事们铺开纸张，准备好笔墨，等待莫言题字。

莫言没有犹豫，随手从笔架上拿起一管较粗的毛笔，用水湿了一下，然后蘸好墨，挥毫写了起来。

周围的人都屏气凝神地看着，心里也都在猜测莫言会写出什么样的字。

不一会儿，在大家的期待中，一幅遒劲有力的题字呈现在了人们的眼前——“从莲池到湖海”。

在场的人们不由自主地读出了声音，紧接着就是一片鼓掌声。在众人的提议下，校领导和莫言手执题字，合影留念。

当我看到“为河北大学题”的落款以及莫言与校领导执字合

影留念时，心里忽然掠过一丝不安。因为我担心这幅字会收归学校所有，作为馆长，我很希望这幅字能留给图书馆。于是我笑着对校领导说：

“请一定把莫言老师的题字留在图书馆啊！”

虽然校领导点头答应了，但我还是有些不放心。

参观图书馆的时间快要结束了。这时候，莫言的助理晓琴老师对我说，这幅题字莫言还要带回北京盖章，希望我们先收起来，明天再交给她带回北京。我让馆员将题字妥善保存起来，在我的再次邀请下，莫言又和我们在场的图书馆工作人员合影留念。之后，莫言在我们的欢送声中，离开了图书馆。

晚上回到家，我的心情仍然没有平静下来，毕竟，见一次莫言不容易，况且还请他给图书馆题了字。后来我又想，要是能让莫言给自己的诗集上签个字该多好啊！遗憾的是今天没有带上我的诗集，因为自己只是业余写写东西，有些担心被莫言笑话。但考虑了半天，还是鼓足勇气拨通了莫言助理晓琴老师的电话。晓琴老师听说我想要莫言的签字，以为我手头有莫言的书，当我尴尬地说出自己没有的时候，晓琴老师说自己正好有一本，可以用这本请莫言签字并送给我。我对她表示了感谢之意，并提出了请莫言往我的诗集上签名的事，晓琴老师说帮我问一问，希望我明天去报告厅见莫言老师，顺便签字。

第二天是莫言演讲的时间。我吃完早饭，急忙开车去了学校新校区图书馆的报告厅。

等我赶到报告厅的时候，几位领导正陪着莫言在休息室聊天。我走进去把图书馆的题字交给晓琴助理，然后向莫言提出了签名的请求，莫言愉快地答应了，他在《晚熟的人》的扉页上签上了自己的名字。接下来，我又小心地提出在我的两部诗集上签名的请求，莫言也笑着答应了。莫言问过我的名字后，很认真地在《如意四季歌》扉页上写下了“万事如意”的字样，接着又在《如意的星空》上签下了“如是我闻”的字样。

捧着莫言的签字，我像一个孩子似的开心地笑了。

人生有很多幸运或不幸运的事。我想，幸与不幸，有时候不在于事情本身，而在于我们的心。当我们不想要的时候，即使给你一个江山，你也会无动于衷，但是，当有你渴望的人或东西时，哪怕是见一面，或一次不期而遇，也会让你激动得掉泪。

遇见莫言，同我人生中的其他某些相遇一样，或许在别人看来，并没有什么重大意义，但在我的心里，却是一种最大的幸福。

莫言走后的第二天，我把自己的两部诗集还有一首自己做的小诗通过晓琴老师邮寄给了莫言。诗的内容如下：

记莫言先生访河北大学

农历辛丑秋，莫言先生赴河北大学讲学并受聘河北大学特聘教授，亲睹先生尊颜，记之。

重阳节日见莫言，
恰逢百年校庆天。
殿堂之上论文学，
茶余饭后听笑谈。

狼牙山下兵三载，
保定莲池开首篇，

自此踏上小说路，
辉煌巨制传世间。

大约一周之后，晓琴老师发回微信，说莫言回京后又重新书写了题字，并发来了题字的照片，照片有两张：一张是写有“河北大学图书馆”的信封，署名是“一斗阁主莫言”；另一张是莫言重新书写的题字。题字虽然还是“从莲池到湖海”，但落款却与以前不一样了，写的是“为河北大学图书馆题　时在辛丑重阳　保定驻军战士莫言”。

显然，莫言是在意了我的话，将“为河北大学题”改为了“为河北大学图书馆题”。

看着题字的照片，我就像自己得到了一件宝物，不但高兴，而且心里有些热乎乎的。因为在我看来，这不仅仅是图书馆得到了莫言的签字，更重要的是体会到莫言对图书馆工作人员乃至对一个普通人的尊重。一件平常的小事，却让莫言非常重视。正所谓：大作家如莫言，仁慈也如莫言也！

与莫言相遇的时间很短，甚至没有什么语言交流，但却让我感到莫言堪称一位难得的师友。

第七篇

五味杂陈

恰同学少年

亲爱的同学，我们都老了。

记得那年正是毕业季，这座被烈日烘烤着的城市正在沸腾，一张张干瘦的脸颊上涂满了义愤，一只只单薄的手臂举起了抗争，一张张嘴巴里发出着怒吼，一颗颗年轻的心充斥着怒火。这座陈旧的城市就要融化。

可是，我的心很平静。我记挂着家里的麦子是否发黄，熟了谁来收割；我担心十三块钱的生活补贴如果没有了，生活是否能够为继。突然，有一天，除了命令和吼叫，从来不和儿子说一句话的父亲，从乡下寄来了一封信。白色的信封上面贴着八分钱的小长城邮票，里面是写着十几行字的一页纸。纸上为蓝色钢笔墨迹，依旧是那几个字的开头：“如意儿：见字如面。”结尾是“父”。

虽然不太喜欢这种单调的格式，虽然对写信人的粗暴和命令有一百个不乐意，但是这次，我听了。心更加安定，我又开始坐在宿舍的角落里写我的论文，忙我的翻译。外面的世界何等喧嚣，身边的同学何等亢奋，可是我却像老了好多岁。

时光已经逝去二十八载。如今，又到了收割麦子的季节。世界依旧喧嚣，人们的心更加躁动，可我，你的同学，却真的老了。

——谨用这几行磕磕绊绊、词不达意的文字纪念我们逝去的青春！

两个女人

向往北戴河，向往秦皇岛，不仅是因为那里有美丽的大海和宜人的气候，也不仅是因为那里有雄伟的山海关和神奇的老龙头，而是为了见两个女人！

一个女人为了儿子。

“儿啊！万民——,回家吧！”

她站在长城上的这一声呼喊，是历史上最伟大最慈祥的呼喊。她那颤颤巍巍而又声嘶力竭地呼唤，是母性的而又是超越母性的呼唤，是神性的而又超越神性的爱的呼唤！天下的男人都是她的儿子，她就是“万民”的母亲。

另一个女人为了丈夫，为了爱人。

女人流泪，见过许多，却没有一个像她那样，哭得惊天动地，哭得撕心裂肺，哭得鬼神动容，哭倒了十二座连城。不知道她的长相，也不知道她的穿戴，只知道她的名字叫孟姜女。

如今，秦皇入海，魏武挥鞭，都成了历史烟云，心中只留下这两位女神。

列车上

看了几眼闲书，便呼呼地睡了。一觉醒来，发现列车已经过了汉沽。肚子饿了，可过了午饭时间，只好向列车员讨了块面包和火腿肠胡乱地对付了。身旁两位帅哥正在梦中，幸福而安详，不知他们是梦见了自己的女友或是梦到了满桌的海鲜大餐。刷屏微信，发现朋友圈很活跃，有的人在约饭，有的人在约车，有的人什么也不约，只是在凑热闹，闲聊天。

我不想约，也不想聊，我喜欢这份难得的闲适，难得的孤寂。

无论是在生命中还是在思想中，我不喜欢约，而喜欢不期而遇，就像在下雨的时候遇到了一把伞或在山中行走的时候遇到了一个背包客，因为那是缘！

上个月冀南，前几天冀北，今天又来到了冀东；从南天的赵都，到塞北高原，再到大海的一边。列车在河北大地上穿梭，思想在时空中穿越，可挥之不去的仍然是那块雾霾笼罩的、潮湿闷热的冀中古城。雄安是什么？是梦想，是未来，她应该属于青春，属于热情，属于创造。而我，这一身的老骨，一身的疲惫，只属于那条时流时断的小溪，只属于那千年更替的四季。那里，是我的一切，是我梦里的梦！

不期而遇的交响音乐会

来到北戴河，闷热潮湿比保定有过之而无不及，只不过空气中弥漫着浓浓的海水咸味，让我想起了清晨漱口的淡盐水。没有去看大海，也没有去海滩散步，因为近日的琐事很难酝酿起浪漫的心情。

晚饭后，跟着朋友们去听了一场红色交响音乐会。优美的旋律、动听的歌喉，却引不起我的兴趣，反倒勾起了我的瞌睡。或许，自己就是一个俗人吧，呜呼！当高雅遇上了俗人，是多么无聊和可怕，就像XO遇上了二锅头！

直到被铿锵的鼓声惊醒，自己满面羞愧，侧目偷偷一瞧，旁边的小女孩儿听得那样聚精会神。于是，我也装模作样，学着小女孩儿时而瞪大眼睛看，时而鼓鼓掌，时而把头摇一摇，晃一晃。

曲终人散，走到门外，却看到天上出现了一弯新月，朦朦胧胧地倒挂在海滨的夜空中。这又让我想起了家乡，想起了那里的明月。

看海

“即在江边站，就有望海心。”

清晨，打开窗子，一股潮湿的略带咸味的海风迎面扑来。

“啊，大海的味道！”我不由得嘴里轻轻地念叨了出来。虽然来海边不多，可这种味道却很熟悉甚至有些亲切。

“既然来到了北戴河，如果不看看大海，岂不亏了。”一种商人式的思维突然涌上脑海，于是我走出了宾馆。

海滨城市毕竟不同于内陆，房屋、街道、树木和花草都显得清新别致，更何况这里被称为中国的夏都。

走出二三百米，就是海滩，再往远处一望，便是大海。海水波涛涌动，白色的浪花一团一簇，前赴后继地拍打着沙滩。海面被黄褐色的雾气笼罩着，太阳若隐若现，虽然不能极目远眺，但雾气给大海平添了一些神秘感。

海滩上，三三两两，有提着鞋子漫步的情侣，有追逐浪花嬉闹的年轻人，有拾捡贝壳的小姑娘……他们的轻松和喜悦，表达着清晨北戴河海滩的日常。

回宾馆的路上，我竟然像患了强迫症似的，回忆起自己是在什么时候、什么地点以及和什么人，第一次看到大海，但是记忆毕竟有些模糊了。

“回忆这些做什么？”

当我忽然回过神来的时候，发现路旁矮墙上的几盆花卉，开得特别鲜艳。

旅途

半天的会议结束了。仅隔了一夜，又踏上了回程。既没带书，又无倦意，只好百无聊赖地看着窗外的风景。一样的高楼，一样的田野，一样的树木和村庄，在视野中匆匆闪过，总觉得像自己经过的人生。对于一个奔波了数十年的成年人来说，这已经毫无新鲜感了，所以只好手机刷屏。

寻座的小哥礼貌地尊我为“大叔”，右边的奶奶逼着天真的小孙女叫我“爷爷”，虽然我不得不微笑着点头，但心里好生不快！我真的那么老吗？但是，仔细一想，也不能怪她们。对一个鬓角发白、脸皮没有弹性的人不叫爷爷又叫什么？“男神”“帅哥”，不过是别人涂在你脸上的高级化妆品或高级医师给你做的心理整容。

即使我不是一个悲观的人，即使我只看到了别人眼角的鱼尾纹，即使我相信自己还能跟年轻人去比拼，可是，当看书的时候总要抬起近视镜，当爬楼梯的台阶时总要有一个下意识的停顿，我知道自己老了。

不多想了，几个工作的短信和电话又进来了。还要工作，还要生活，还要挣命，这就是活着。我抬起头，向望着我的小女孩儿抛了一个顽皮的媚眼，她开心地笑了。

生活

早晨遇到熟人，大家谈论的大多是避暑旅游的话题。打开微信，传来朋友、同事分享的许多图片，有的去海边，有的到高原，有的举家出游，有的单骑千里……大家丰富多彩的生活听来都让人心动。

我把人的生活按几何图形分类。有直线型、平面型和立体多维型。最简单的是直线型，最复杂也是最高层次的是立体多维型。显然，上述的各类人等应该属于立体多维型，他们的生活是由至少四个以上的非直线组合的立体多维式几何空间。相比之下，那些仍旧顶着酷暑奔波于家和单位之间的，就是典型的直线型。

我每天过的是平面生活。家、学校、球厅，这三个基本点决定了我生活的日常。虽然有些死板和枯燥，但是，我毕竟在这个平面上滚来滚去，已是年复一年。我没有贪欲，也不苛求，不羡慕立体生活的丰富多彩，也不轻视直线生活的单调。

在以往的大部分日子里，我也走过直线，那是以自己的生命为起点的带有明确指向性的单行线，是人生的一个必须经过的路段。我们渴望平面，更羡慕立体，但是人生必须有原点，这就是初心。人生的本质或许只是一个线段，但是当我们在行走中欣赏风景、憧憬美好的时候，点就会变成线段，线段就会延长为直线，直线再继续拓展，向平面，向空间，向无限。

不过，无论如何，我们不要忘记生命和思想的原点，要知道自己的有限和无限。

说“人气”

“人气”本是一个汉语词汇，有多种意思，其中用得最多的是表示人的迹象或气息。比如“这个地方人气很旺”“这里没什么人气”等。

开学后，老生返校，新生入学，暑假期间冷清空旷的校园一下子热闹起来，非常有“人气”了。尤其是军训开始以后，一队队“迷彩服”迈着整齐的步伐行进于校园的楼宇间，口号震天，此起彼伏。校园不仅充满“人气”，而且是“人气”很旺。这让我这老迈的心脏不断地受到震颤，既有对年轻人的羡慕，还有一种加入队伍的冲动。

但是，老了便是老了。想象一下，自己若是挺着个凸起的肚腩，踢着笨拙的双腿，走在军训队伍中，就不是“人气”，而是“气人”了。

日语中也有一个日式的“人气”词汇，意思是“受欢迎”和“受热捧”的意思。比如“这个老师很有人气”“这个女孩儿很有人气”等。按照日语的说法，我们的一些“人气”很旺的行为未必都是有“人气”的。这要分时间和场合。比如说，那震耳欲聋的口号声和叽叽喳喳的叫喊声，如果是在正上课的教学楼旁边或者在图书馆附近就不是那么有“人气”了。

此“人气”非彼“人气”也。

怎一个“乏”字得了

俗话说“春困秋乏夏打盹，睡不醒的冬仨月”，此话不假。

过去在农村，为了干农活，一般要随着时令的变化调整作息时间。夏天昼长夜短，人们要早起晚睡，天热的时候要在外面纳凉到半夜，所以一到白天自然就爱“打盹”，而且中午还要长长地午睡。相反，冬天天短夜长，则要早睡晚起，再加上天气冷，一天将近一半的时间钻在被窝里，所以就“睡不醒”了。

但是，现代城市生活基本改变了这种习惯性的作息方式。工作八小时制，暖气和空调的普及，让我们不必日出而作、日落而息了。冬天我们不可以“睡不醒”，夏天我们也没时间“打盹”了。

来到城市后，我好多年不适应，甚至现在也没有完全适应，这是多年农村生活习惯的影响。幸好，我选择了大学教师的职业。大学教师的职业比较适合懒人，如果没有课，不但可以晚起，还可以一年四季睡午觉。如果不备课，再不想搞研究写论文，简直就是神仙的日子。可是，不搞研究写论文，就晋升不了职称，就涨不了工资，做一个终生讲师的滋味也不好受。所以说，现在要当好一名大学教师，不早起可以，但早睡是绝对不行的。

秋天到了，草木乏了。人非草木，尤其是现代人，一般是不会感觉到疲乏的，反而好多人食欲增加，比夏天更加精神了。可是，我大概属于草木一类，最近却感到疲乏了。工作的忙碌，科研的压力，对亲人的担心，等等，总是让人感到莫名的心情沉重。

“乏”，是我秋天的主题，从身体到心里。

教师节的前夜

在我的记忆里，从上小学到研究生毕业，我都不是一个讨老师喜欢的学生。这倒不是因为我多么淘气或调皮，我想主要原因有两个：一是脑子不聪明，二是性格内向。

后来当了老师，发现自己喜欢的学生也大多是既聪明又开朗型的。想来这也没有什么错，有哪个老师不喜欢聪明的学生呢？又有哪个老师不喜欢开朗活泼的学生呢？

直到现在，我都经常为自己的不聪明和不活泼可爱而苦恼着，因为不仅是学生时代，即使参加工作后，仍不讨领导的喜欢，也不受下属或学生的爱戴。或许正因为如此，我甚至很羡慕那些既聪明又活泼可爱的人，有时也想强迫自己向他们学习，可是与生俱来的迟钝和内向，模仿来的东西毕竟显得笨拙，而且更增加了自己的痛苦和窘迫。后来，我也认命了，不管讨不讨别人喜欢，就按自己的方式苟且活着吧。

明天就是教师节了。想起了教过我的老师们，小学的、初中的、高中的、大学的、研究生的，还有那些没教过我课，但以这样或那样的方式指导过我的老师。

我想对每一位老师说：“祝您教师节快乐！”

自信

小时候听过这样一个笑话：一个穷人怕别人瞧不起自己，喝完粥后就往嘴唇上抹上一层油，为的是让人知道自己吃了肉；可有一天油刷子被猫叼走了，他穿着老婆的裤子追赶猫，被别人发现了，这才露出了穷的本色，也沦为人们的笑柄。这个笑话讽刺的是那些自欺欺人和好面子的人，而实际上也隐含着一个关于自信的问题。

自信，一旦故意表现出来或故意说给别人听，就成了不自信。就像你是个男人或是个女人，你一旦非要强调你是个男人或是个女人，那么就有可能是你不自信。你或许是个专家，或许是个学者，或许是个大咖级别的人物，但如果唯恐天下人不知而自我标榜，那就是一种不自信。小到个人，大到文化，也是如此。

自信的人，从来自己不说，而是让别人去说，让历史去说。如果你图一时或一世之快，你便去说吧。谁让你不自信呢。

我只相信，让别人去说，才是自信。“桃李不言，下自成蹊”，就是源于自信。

再见！草原

两天的会议日程结束了。从午睡中睁开惺忪的睡眼，周围竟然出奇的寂静。

窗外，温暖的秋阳，和煦的秋风，尤其是那没有一丝杂质的空气和湛蓝得让人心醉的天空，立刻让我意识到自己是在遥远的北疆——呼城。

没有来过大草原，心中总在描绘着那悠悠的羊群和大漠孤烟，总在记挂着昭君脸上的泪珠和成吉思汗背上的弯弓。

我想骑上一匹蒙古马，放开缰绳，在风吹草低的原野上自由驰骋；我想站在大青山的山顶，近距离观看雄鹰展翅盘旋和利剑般的俯冲；我想盘腿坐在静静的湖水旁，听着那悠扬的马头琴声，喝上一碗马奶酒，然后与草原的夜色同醉；我还想在风雪交加的夜晚，躺在蒙古包里，听那草原狼的仰天嚎叫和求偶的歌声。

草原近在咫尺，可却仍是一场梦。

晒网与网晒

记得小时候村子里住着一个单身汉，姓卢，我叫他大伯。

他高高的个子，瘦长脸，不愿做农活，却喜欢打猎捕鱼。当人们收工回家的时候，他却扛着猎枪，带着夹子，走向了田野。当人们睡午觉的时候，他却背起了渔网，奔向了河边。有的村民说他好吃懒做，不务正业，而我却觉着他有很了不起的才干，更羡慕他那自由自在的生活。有时候我甚至背着父母，偷偷地逃学，跟着他在庄稼地里或在河边跑上一大天，即使没有任何收获也心满意足。因为我喜欢看他寻找猎物的专注和眼神，也喜欢他撒网动作的潇洒和飘逸。我喜欢在阴雨天里跟他一起擦拭猎枪，或在阳光下陪他摆弄渔网。可是，唯有一件事让我不明白，就像村民们议论的那样，他为什么不结婚？不过，我一直也没有敢问。

因为在学校不好好学习，老师曾骂我是“三天打鱼，两天晒网”，但我心里就不服气，因为卢大伯告诉我：“打鱼，就要勤晒网，否则网线就会因潮湿而腐烂。”我用这话反驳老师后，老师气急败坏地用手指戳着我的脑门说：“真是朽木不可雕也！”

如今的渔网大概都用上了高科技化纤材料，不晒也不会腐烂了。可是，无论科技怎么发达，人的心和情感都是不会变的。所以，适当的时候，我们需要停下来，晒晒我们情感和思想的网，否则，它就会断线，腐烂。就像卢大伯说的那样：光知道打鱼，急功近利，网腐烂了，什么也打不了了。话糙理不糙，无论何时何地，心里的“网”都需要经常晒。

由此我又想到了“网晒”。如今是因特网的时代，是物联网的时代，可是这些网并不比当年的渔网结实，而是更加脆弱，更容易断线。别说一天，就是断一会儿，就会要命，就会让人发疯，仿佛地球就停止了运行。因此，这些网络千万不能像渔网一样，一晒就是半天。

但是，我说的“网晒”非“晒网”也。所谓网晒应该叫炫耀，俗话叫显摆，有时还要加一个“臭”字。比如晒美貌、晒幸福、晒恩爱、晒富有、晒荣誉、晒成就、晒感情、晒思想……唉！五花八门。如果晒过了头，就叫“臭显摆”。

或许就像我自己，生怕别人不知道自己是个老师，是个什么几级教授，有点知识，有点情绪，就整天想晒，不晒就不舒服。可是，晒过头了，越晒脸皮越厚，越晒越招人鄙视，让人觉着“臭”或者“真臭”。

我怀念小时候的“晒网”，鄙夷我现在的“网晒”。

举办活动与环境美化

六月份出差去天津，我惊诧于街道的干净和市面的整齐。接我的朋友说，因为马上要开全运会了。九月份去呼和浩特，不但街道整洁，就连街边树坑里的石子都喷涂上了白色。出租司机说，因为内蒙古解放七十周年庆典刚过。昨天来到石家庄，除了天空的雾霾，发现比去年也更加清洁有序。宾馆的服务员说，马上要搞全国文明城市验收了。

我也学着讲台上那些亦官员亦学者的专家以把弄文玩核桃式的思考问题方式对举办活动和城市环境治理的关系做了总结，结论是：一个城市要想治理好环境，就要举办全国性或世界性的大规模活动。但是，愚钝的我，竟不明白大型活动与环境治理之间的逻辑关系。愚笨啊愚笨！这样的话题，休要再提。

岁月

日本有一个浦岛太郎的故事。

故事讲述一个渔夫因救过一位龙女而受龙宫恩遇，在返回人间之时，龙王赠一宝盒，嘱其千万莫开，但太郎好奇，还是打开了宝盒。就在打开之后的一瞬间，太郎变成了老翁。

该故事告诉我们：岁月不过是一个装在盒中的秘密，盒子不打开，你永远年轻，永远漂亮，永远帅气；可是当盒子一旦打开，里面就会冒出一股岁月的雾气，让你白发苍苍，老丑无比。

其实，我们每个人心中，都有一个时光留下的宝盒。它是上苍的恩赐，是善良的堆积，也有岁月的痕迹。我们只能小心地呵护，认真地保存。只要这样，你就会永远年轻。但是，你别试图打开，因为那是冒险。秘密消失，你就会像浦岛太郎一样，顷刻之间，成为老翁。

所以，美好的东西是最珍贵的，你要像秘密的宝盒一样永远珍藏在心底。

在石家庄看旭日升起

培训日程就要结束了。今天早晨起床，意外地第一次看到了省城的旭日从密密麻麻的楼宇间冉冉升起，那红，让人心醉，让人着迷。

这里和我的栖息地相距二百多里，春秋战国时代地处燕南赵北，分属不同的国家，自然也有着不同的语言和文化。大一统之后，除了方言和生活习惯，一切都同质化了，尤其是现在，大家都操起普通话。如果石家庄人的舌头根儿再软一点儿，保定人的语速再快一点儿，那么两地人交谈的时候和邻村的老乡唠家常没有什么不一样。

尽管如此，很是奇妙，在我的心里仍然有一种独在异乡为异客的感觉。在我的眼里，这里的空气、水土，甚至人的呼吸和表情中都弥漫着一种异样，而唯一让我倍感亲切的就是这红彤彤的太阳。因此，我怀疑自己是害了思乡病，而且年龄越大越没出息，就像孩子或动物的幼年时期一样，更依赖自己的栖息地。

盼望那些专家的讲座快点结束。我想我的家，想我的驴火，想我的亨利。

狗打架

养了几年狗。虽然每天遛狗、喂食、打扫卫生很麻烦，但最烦恼的还是狗打架。

由于亨利的打架，自己已无数次给被咬伤的狗的主人赔礼道歉，有的主人也曾经找上家门告状，讨要说法。我赔过钱，受过伤，还打过狂犬疫苗。亨利打架，真是让我丢尽了颜面，伤透了脑筋。本来自己在小区里人缘不错，可现在大家见我牵着狗，都躲得远远的，好像见了瘟神。每次打架之后，我也对亨利进行训斥和暴力惩罚，但它转眼就忘，照打不误。没有办法，我只好总是把它牵在身边或去人少狗少的地方。不过，亨利打架有个特点，就是只跟公狗打，只要是母狗，无论多小，亨利都惧怕三分。这一点很像我们人类，甚至比某些人都强。

打架或许是动物的本能。就像草原或森林的许多野兽，它们打架是出于基因的传递或性的本能。虽然狗被驯化了成千上万年，还是没改这个习性。

但是，狗无论如何打架，都只是打架。不像我们人类，除了打架，还要组织集体的、大规模的、有预谋的、毁灭一个族群的战争。

在这个世界上，只会出现“狗打架”，而不会有大规模的“狗战争”。

猫和狗

从前有一位老汉，养着一只猫和一条狗。有一天，老汉不小心把烟袋锅掉在了河里，于是让猫和狗去找回来。它们来到河边，看着湍急的河水，猫对狗说：

“主人让我们一起找烟袋锅，你看这样好不好？你水性好，负责游泳，我骑在你的背上，负责寻找。”

狗同意了，它驮着猫下了河。它们找了半天，终于发现了烟袋锅。狗把头伸进水下，把烟袋锅捞上来。这时候猫又说：“你游泳不方便，还是我来拿着吧。”

狗已经累得筋疲力尽了，就把烟袋锅交给了猫。上了岸，它们一起往家走去。

来到家门口，天色已晚，老汉已经关上大门，熄灯睡觉了。猫叼着烟袋锅，轻盈地越过墙头，将烟袋锅交给了老汉。老汉非常高兴，对猫又是夸奖又是给好吃的，然后又躺下睡觉了。

狗被关在了门外，见半天没人开门，忍不住叫了起来。叫声吵醒了老汉，他抄起棍棒，怒气冲冲地打开大门，劈头盖脸地将狗一顿好打，而且边打边骂：“你这不中用的东西，连个烟袋锅都找不来，还有脸吵闹！”

狗又疼又委屈，嗷嗷直叫。而此时吃饱喝足的猫已经躺在主人暖暖的被窝里，进入了梦乡。

科学性的语言和文学性的语言

“夕阳西下”是一种自然现象，如果用较为科学的语言对其进行描述，可以说“地球遮挡住了太阳”或“太阳被地球遮挡住了”。但是，如果用较为文学性的语言则可说成“太阳悄悄地隐入了山后，就像美丽的新娘一样，向我们展示了她最后一抹绚丽的笑容”或“傍晚，薄薄的暮霭用黛色的面纱遮住了太阳羞红的脸”。

如果从听者的角度来看，可能大多数人还是喜欢后者。其原因是科学性的语言在于陈述事实，揭示真理，而文学性的语言在于抒发情感，展现心性和美。科学性的语言和文学性的语言分别代表着我们思维中的理性和感性，就好比自行车的前后轮，缺一不可。

仅有科学的语言就像为了摄入营养，放弃美食而只吃蛋白粉和维生素片，虽然也能维持生命，但缺少了快乐享受，单调乏味；反之，如果任何场合都用文学性的语言表达，就像隔着浮云看月亮，朦朦胧胧，很难识别事物的真实模样。

所以，在日常生活中，最好是既知道真相又能够用文学性的语言表达出来，这就是知性和感性的结合，也是真和美的理想表达。

冬日遐思

盼望了好多天，仍然没有下雪的迹象，对这个冬天有些失望了。

每天来往于小区和单位之间，同样的路面、同样的街灯、同样的车流、同样的楼宇，除了单调，想不出其他的词儿，怪不得路上出个事竟有那么多人围观，就像网络上的闲客一样。

生活是一日三餐。为了身体，戒酒，少肉，竟又吃起了萝卜咸菜。每天晚上七个小时、中午半个小时的睡眠，睡得规律，倒也没有什么不幸福的。

上班虽然有些烦，但为了糊口，说得高尚一点儿，为了教书育人，为了服务育人，为了研究，也在兢兢业业、不辞辛苦地干着。

日子一天又一天，岁月一年又一年。坐久了，站起身，拍拍老腰，搓搓老脸。腰有些僵硬，脸又多了几道褶皱。

想起了小时候的驴拉磨：驴被蒙上眼睛，围着石磨，一圈一圈，一天一天，一年一年，周而复始，驴不用看路，不用思考，只是听着驭者的命令，一直向前，向前，也许那是幸福的归宿或彼岸。

不下雪，好在还有月亮。它成了冬天里唯一的念想。但我不喜欢它孤零零地挂在黑漆漆的天上。哪怕有一颗星星，甚至几根枯枝或败叶和它做伴也好。

说不上美，但喜欢这点儿情趣。

谒《雨中岚山》周恩来诗碑有感

寒冬的黎明，皓月当空，西风呼啸。月为一人而明，风为一人而泣。他就是我们敬爱的已故共和国总理周恩来。1月8日，是周恩来总理的忌辰，寒风明月中，想起了周总理的《雨中岚山》，有感而记。

第一次拜谒周恩来的《雨中岚山》诗碑是在1992年秋天，那也是第一次去日本。伫立渡月桥头，只见岚山红叶烂漫，桂川清流，云蒸霞蔚，美不胜收。自那时起，每次去京都，无论日程多么紧张，也无论酷暑或严寒，每次都要去岚山，至今已经有七八次了。去岚山，不是为了看风景，主要是瞻仰周总理的诗碑。诗碑坐落在京都著名风景名胜区岚山对面，月桂川河畔的一个小山丘上。这里山川秀美，丛林茂密。在松柏掩映中的一块巨大的岩石上雕刻着二十世纪七十年代由廖承志书写的周恩来的《雨中岚山》诗篇。

诗篇是周总理21岁留学日本时所作。对诗篇我没有做过研究，也没有详细考察过周总理当时的处境，但第一次看到诗碑，读起诗篇，就被诗篇独特的写景和抒情所吸引。其后愈读愈爱，常读常新。给我印象最深刻的是诗的后几句：

人间的万象真理
愈求愈模糊
模糊中偶然见着一点光明
真愈觉娇妍

寥寥数语，青年周恩来追求真理过程中的苦闷与彷徨，求索救国道路的迫切心情和乐观主义跃然而现，那年他21岁。在迷茫中求索，在阴暗中发现一束阳光，那是何等的惊喜啊！

写完这段文字，天亮了。希望真理如岚山之阳光，穿越时光，照耀你我！愿敬爱的周总理安眠！

禅心

“渡水足先清”是日本镰仓时期一位诗人创作的汉诗诗句。乍一读有些不解，为什么渡河之前要先把脚洗干净呢？但仔细玩味起来却颇有意思。

通常，渡河的人一般是不会先把脚洗干净的，而且按我们的习惯往往是趁渡河之际用干净的河水把脚洗净。但诗人却是先把脚洗净再涉水过河，难道是诗人闲得无聊或是愚笨吗？其实不然，这里或许蕴含着很深的禅机。如果说得玄妙一点，是哲学上的主客关系；说得浅一点，则是人与自然的关系。

在诗人眼里，河水是主，我是客。我涉水而过，毋宁说是叨扰或冒犯了河水，应当以谦卑之心，将脚洗净再过河，主客分明，切不可颠倒主客关系。这也可以说是一种禅心，它与日本的茶道等文化思想有共同之处。从另一个层面看，大自然是纯洁无瑕的，而人是污浊的，当人接触自然的时候应该净化自己，尊重自然。此外还可以视为，河水是公共的、大家的，不能因为自己污浊了河水，那样就影响了同样过河的他人。

从这一句小小的汉诗里，我们可以体会到诗人的禅心，即尊重自然，尊重他人，尊重自己。

“腊月”和“师走”

在旧历中，腊月是一年的最后一个月，也是一年当中最冷的一个月。在民俗当中有腌腊肉、腌腊八蒜、喝腊八粥的习俗。

或许是因为寒冷食物易于保存，抑或是腊月过后就是新春而图个吉利。我不是文字学者也不是民俗专家，没有考究过“腊”的来源，但是“腊”字由“月”和“昔”构成，按照汉字构成法来看，“腊月”就是月成为往昔了。岁月将逝，不再回来，这多少会引起人们的怀旧和伤感，所以喝腊八粥可以把过去一年的五味杂陈放在心里，腌腊八蒜、腌腊肉可以把往昔保存起来，来年再作回味，虽属无奈，但也不失为一种心情的保鲜法。

在日本，把腊月叫“师走”。很遗憾学了大半辈子日语竟然没有去深究一下字源。但实际上我更愿意随心所欲地去解释。日语中的“师”跟汉语意思应该差不多，无非是“师父”“老师”的意思，但“走”的意思却与现代汉语不同，是“跑”的意思。如果按字面意思解释，“师走”就成了“老师跑”的意思了。这样解释起来就颇为费解了，为什么到了一年的最后一个月老师要跑呢？是不是可以这样说：年底了，忙碌了一年的老师要跑着回家。这样解释很符合我现在的心情，就是放假休息。但还可以解释为：要到年底了，老师很辛苦，学生要请客，老师要忙着去应酬宴席。但不管哪一种，我都喜欢，因为它体现了“尊师重教”。

但是，如果像现在中国高校的老师，年底了，跑着写总结、找项目、整材料，可就真成了“师跑”了。要说浪漫，还是中国的“腊月”吧。我希望过去的岁月永远留在心中，心爱的人永远留在身边。

“狗屎运”

早晨，不小心踩了一脚狗屎，心想真倒霉，可同行的人却说，你要交“狗屎运”了。于是，心里得到了一些安慰，开始盼望着有什么好事发生。

上午，小程带我们去椴木沟的后山，前面带路的车已经跑得没有踪影了。大山里沟壑纵横，静悄悄的，不见一个人。正当我们一筹莫展的时候，忽然发现前面的山梁上有一个人影在晃动，小程兴奋地将脑袋探出车窗，大声招呼：“老乡！老乡！我们迷路了，给我们指指路吧！”我们顺着小程的喊声向对面望去，只见是一位身体清瘦的采药老者。听见小程的呼喊，那位老者回应道：

“迷路啦？去哪儿？”

“去后山，我们要赶时间呢。”

“好的，等我一下。”

老者一边说着，一边朝我们车的方向走来。老者身形矫健，眨眼之间就来到了我们面前。

“这里路不好走，我带你们去吧！这里有很多好看的地方，我带你们好好看看。”

老者声如洪钟，虽然说的是我们听不大懂的方言，但从他的语气和表情中，可以感觉到老者的真诚。他身着灰色衣裤，脚上穿一双青色布鞋，头发和下颚的短髯有些花白，脸色红里透黑，浓眉下一双眼睛清澈明亮，眼神中透露着稚童般的单纯和诚恳。老者手拿一把镰刀，背着一只荆条背篓，看上去有一种仙风道骨的感觉。看着眼前的老者，不知为什么，我忽然产生了一种异样的感觉。

看到我们着急的样子，老者放下背篓和镰刀，坐到副驾驶上面，带着我们出发了。整整一个上午，我们跟随着老者穿行在椴木沟的大山中，亲眼看到了那棵有着几百年历史的椴木沟人心目中神圣的老榆树，造访了传说中的老道庙，登上了据说能望到北京城的千里眼，还远眺了那两尊历经亿万年相思相守的“爱人石”。一路走来，山花烂漫，野果飘香，虽有山路之艰险，却不知攀爬之辛苦，就连身后的几位青年和女士都增添了十二分兴致，纷纷跟着老者向前走。

看着椴木沟后山上如画的美景，听着老者述说的一段段故事，感受着老者对这片山水的挚爱和对我们的热情，我仿佛置身于一个童话般的世界，心中生出一种羽化成仙的感觉。这哪里是什么贫困村椴木沟，分明是一个绮丽多姿的世外桃源！这位老者哪里是什么采药老人，分明是一位指路仙人！

我心里默念着：谢天谢地！莫非自己真是交了“狗屎运”了？

午夜惊悚

以前喜欢看电视剧，也曾经有过追剧的时代，比如高中时的《霍元甲》，大学时的《西游记》《红楼梦》，刚入职时的《渴望》，以及后来的《三国演义》和《水浒传》等。但是后来，尤其是现在，已经基本不怎么看电视剧了，电视对于我来说基本就是体育和电影两个频道。若问原因，则一言难尽。

昨晚，为了消除疲倦，打开了电视。但中央5频道和6频道都没有自己想看的节目，调台时被一个名叫《军刺》的抗日剧吸引住了。以为是一部严肃的抗日战争题材片，就打算认真看一看，可看了一会儿竟出现几名八路军武功高手几十秒内徒手杀死几十名全副武装的日本鬼子的场面，其中一名高手还是一位老太婆，一把飞镖出去就倒下四五个鬼子，几片树叶就把一个鬼子击倒了。剧中还表现了八路军领导的神机妙算、日本鬼子的阴险狡诈等，八路军处处胜出日本鬼子一筹。此剧竟也让我看得血脉贲张，恨不能早生八十年啊，那样自己就不用像现在这样辛辛苦苦学什么日语，写什么日本研究论文了，只要练得一身好武功，几个小鬼子又算得了什么。

看完电视后，心情逐渐平静下来，不免生出许多疑问。抗日战争是一个严肃的话题，距离我们并不遥远，可这些电视剧何以拍得这样离谱呢？这样做是为什么呢？好吗？而自己为什么也看得那么不亦乐乎呢？一连串的疑问浮上心头，不免又让我联想到了最近的假狂犬疫苗事件。

假狂犬疫苗事件震动全国，一种假疫苗会贻害众多国民的身体健康，甚至是生命，让人唏嘘不已，后背发凉，但是一种虚假或错误的历史描述呢？它会误导国民的历史认知和判断，麻痹和损害国民的精神。我们都在为假疫苗而义愤填膺，而又有谁为那些毒害人心的虚假神剧和宣传负责呢！这让我忽然想起了鲁迅先生批判的“阿Q精神”，虽然距离鲁迅所描写的时代已经过去了近一个世纪，但我们现在的这种表现难道不是另一种“阿Q精神”吗！

身体的病好医，至多人死灯灭，很难遗传下一代。可如果一国之精神或文化闹了病，就会延及子孙，成为民族的千年痼疾。如果媒体成为商业利益驱使的奴隶，如果电视剧成为毫无底线的谎言制造者，如果文艺成为闹剧，如果思想充斥恐惧欺瞒，而我们还在做欢呼雀跃的看客，那么孩子危险！后代危险！

借用鲁翁一言：“救救孩子吧！”

午夜难眠，以字记之。

悼念单田芳

自己是听着单田芳的评书长大的。记得听单田芳讲的第一部评书是《隋唐演义》，单田芳那沙哑的嗓音、通俗的语言、对人物惟妙惟肖的刻画，就像一块磁铁，紧紧地吸引住了自己。那是二十世纪七十年代末八十年代初，自己还上中学，由于家里没有收音机，只好去邻居家收听。为了听评书经常囫囵吞枣地吃上两口饭甚至是饿着肚子，最喜欢听的是“上回书说到”，最不喜欢听的是“且听下回分解”。记得当时兴起了一股评书热，涌现出了刘兰芳、袁阔成、单田芳等著名评书艺术家。虽然也喜欢听刘兰芳和袁阔成的评书，但听来听去，还是最喜欢单田芳。为什么呢？我自己也说不清楚。如果用酒来打比方，刘兰芳的评书就像是冰镇啤酒，喝起来爽口痛快，酣畅淋漓，但缺了回味；袁阔成的评书就像是法国红酒，喝起来苦中带涩、涩中带酸，文雅有余，但少一些冲劲；而单田芳的评书就像衡水老白干或北京二锅头，辛辣有劲，喝一口从头顶热到脚跟，全身通透，直呼过瘾，尤其适合老百姓的口味。

后来由于学习和工作繁忙，很少再听单田芳的评书了。但是单田芳那铜锣般的声音、通俗而不平庸的语言、入木三分的批判，都给自己留下了终身的印象，秦琼的仗义、程咬金的憨直、单雄信的忠诚，也给自己的人生成长增添了不少的营养。

今天，惊闻单老仙逝的噩耗，虽是一个一般的听众，也不胜悲痛。单老是一位令人怀念、敬仰的评书艺人。

单老！一路走好！

身体和精神

当今时代，科技对人身体的认知，几乎到了无所不能的地步。X光、彩超、CT、核磁共振等先进的医疗技术，可以透视人体的任何一个部位。在先进的仪器下，人的身体已经没有死角，甚至一个微小的异常细胞都没有藏身之地。不仅如此，科学对于我们认识自然、地球乃至宇宙，都显示出其强大的能力和信心。但是，无论科学仪器多么先进，也不能透视人的精神世界。虽然科学能够让我们明白一些思维和情感产生的机理，可到目前为止，我们还没有哪一位科学家能够发明一个透视人的精神世界的仪器。人之所想，人之所思，人之情感，只要自己不表露出来，他人是很难知道的，正所谓“人心隔肚皮，做事两不知”。或许仅从这一点来说，人的精神之复杂程度远远超出了身体，甚至超出了我们已知的以及未知的宇宙。或许有一天我们能最大限度地穷尽宇宙，但却难以穷尽“人心”。从另一个层面看，科学虽然是我们认识世界的一个法宝，但它并非万能。

在这里，我并不是反科学的主情主义者。我只是想说，身体和精神是不同的，身体和情感也是不同的，我们不能仅仅依靠科学来解决人的精神世界的问题，尤其是思想和情感的问题。自近代以来，由于对科学的信任和崇拜，人们在努力地将科学引入人类活动的各个领域，人们想用科学解释世间的一切，其中也包括文学。19世纪，西方开始用科学的方法创作文学。20世纪，人们又用科学的方法研究文学。21世纪的今天，人们仍在利用计算机的方法解决文学研究的问题。但是，人们却忘记了文学是一门表达思想和情感的艺术，反映的是人类的精神世界。尽管我们能够运用数据分析处理的方法分析作品中的语言现象，但科学是有局限性的，它是很难洞察人心之变化的。文学是不能通过科学的手段来解决的，就像X光不能透视人的思想，彩超或CT不能判断人的情感一样。

文学之所以为文学，精神之所以为精神，是宇宙留给我们人类的最宝贵和最有趣的东西，是一个永远解不开也猜不透的谜。

希望我们不要用科学包打天下。身体和精神，是人之所以为人的两个必不可少的组成部分，我们不能只注重身体，而忘了精神。这不仅仅是方法论的问题，也是一个世界观和价值观的问题。

教师节

下课的铃声响了，目送着学生们陆续走出门后，教室里就只剩下我一个人了。环顾整个教室，课桌、椅子、苍白的日光灯和孤零零的我。刚才一双双好奇的眼睛和一张张稚嫩的脸庞，转瞬不见了，看着空荡荡的教室，我的心忽然也变得空荡荡的。

我默默地擦干净黑板上的板书，轻轻地拍了拍手上的粉笔末，又收拾好讲桌上的书本。此时，疲乏就像一条毛毛虫，从脚底爬到腿上，再爬上腰背，我感觉全身都很疲惫。这是年轻时全然没有的感觉，那时候别说站一两个小时，就是站一上午，也不会感觉到累。

“老了！真的老了！”

我心里默念着。

“教师是什么？”

看着眼前这空寂的教室、留有浅白色板书痕迹的黑板，闻着呛人的粉笔末，我重复地询问着自己。

“走吧，都走了，自己也该走了。”心里嘟囔着，我慢吞吞地走出了教室。

教室外，楼宇的窗子里发出的灯光与茂盛的法桐枝叶交相辉映。秋风迎面拂来，让人感到格外爽快。一抬头，我的目光忽然又遇到了月光。月光纯洁、明亮，给浩瀚的夜空带来了无限的浪漫和柔情。我久久地与月亮对视着，我想看透月亮的心房，也想让月亮穿透我的思想。我们彼此用无声的语言，安慰着夜的寂寥和空旷。

月光如水，倾洒人间。

教师如烛，燃亮思想。

又是一年教师节，谨以此小感想祝我的老师们和我的同事们节日快乐！

写在20200202

鼠年春节，一起突如其来的疫情，扰乱了节日，扰乱了生活，也扰乱了人心。有时候，我们抬头问天，这到底是为什么？天笑而不语，飘零着几片小雪，好像给我们一个似是而非的安慰。

我们的身边，有人在为挽救生命战斗，有人在为同类的不幸伤心，有人在向着未来微笑，有人在为周围的不公愤怒，有人为了宣泄自己而胡喊乱叫，也有人在灾难中做着自己升官发财的梦，而更多的人则在静静地守望，用默默地祈祷表达着自己善良的心愿。苦难面前，最能显示出真实的人性。

20200202，“爱你爱你你爱你爱”，奇妙的数字，美妙的发音，搅动着许多年轻人的心，这是相信爱情的人们对美好的憧憬和对未来的希冀。其实，数字可以千年一遇，但人却难得千年一回，因为人类的白发飘不到那么遥远，我们的生命只有百年。相遇就是幸运，所以，珍惜更为重要。珍惜你爱的人，珍惜爱你的人，珍惜现在，珍惜过去，珍惜未来。只有这样，你心中的20200202才不会仅仅是一个点，也不是一条线段，而是一条直线，一个面，它会向着永远，向着无限，一直地伸展，伸展……

笑谈“抄作业”

现在网上流行“抄作业”一词，开始我不明白它的意思，仔细一看，才知道是说在防控“新冠”疫情方面，外国抄袭或模仿中国的做法。

无论是防控疫情还是其他什么事情，世界各国相互学习，相互借鉴，取长补短，本是一件极为平常的事，为何用“抄作业”这样的词汇呢？当然，如果其他国家确实蹈袭了中国的做法，偶尔说说或调侃一下也不足为怪，但如果许多国民甚至是知识阶层都拿它当真，作为一种自豪或骄傲来进行炫耀，甚至成为一种民族优越感，就显得有些幼稚甚至是危险了。趋利避害，是人的一种本能，在遇到灾害或灾难的时候，逃避是人的第一心理反应，所以我们不应该笑话那些逃离危险的人。但是，在无法逃离的时候，人的第二反应就是抗争。面对疫情，任何一个人、一个团体、一个民族、一个国家，都不会坐以待毙的，都会挣扎着想方设法地自救。那些敢于和疾疫做斗争、敢于逆行的英雄和团体更值得我们敬佩。当今立于世界之林的所有民族，都是从历史上的无数次疫病和灾难中顽强生存下来的，都值得我们尊重。我坚信人类终将战胜这次疫魔，用不着过分恐惧。我们不应该借此机会认为自己是优等生，是好学生，不能因为取得了一些成绩就自以为是，就瞧不起甚至鄙视其他的国家或民族，那是一种浅薄和狭隘的心理，是一种变相的“阿Q精神”。别忘了，在历史上，我们就是在妄自尊大中逐渐沦落的。要知道，世界上许多发达国家在医疗水平和防疫制度方面并不落后于我们，甚至优于我们，所以还需要不断努力，虚心学习。

大国之民应有大国之气度，否则就会贻笑大方！

说老花眼

记得小时候，八十多岁的老太太在缝补衣服的时候，总让我帮着纫针。当时不知道什么叫老花眼，曾暗笑老太太眼神不好，并暗自得意自己能轻松地把针纫上。可是，现在自己也老眼昏花了，再加上近视眼。看远处要戴着眼镜，看书还要摘掉眼镜，尤其是上课的时候，眼镜总是摘摘戴戴，不胜其烦，想起小时候自己笑话老太太的情景，感觉如今学生们也会暗自地笑话我吧。

“四十三过眼关，花不花四十八。”老花眼是一个自然规律，大概谁也逃不过这一关吧。但是，直到今天，我仍然不明白为什么把这种视力的变化叫作“眼花”或“花眼”，或许是跟人在赏花的时候出现的“眼花缭乱”现象有关吧。事实上，在现实生活中，当人面对着纷繁复杂的外界现象时，很容易出现认知上的混乱现象，比如找对象或买衣服时，经常会出现“挑花眼”现象。因此，在生活中，我们想要时常保持准确的认知力和判断力，就必须提高自己的鉴赏能力，只有这样才能做到“眼花心不乱”。

人到了这把年纪，实际上是“熟年”了，看事物应该用心而不一定非要用眼睛，即使闭上眼睛，也应能洞见事物的真伪。这样说来，更佩服小时候那些盲人算卦先生了，他们眼睛看不见，心却跟明镜似的，真可谓是眼也不花心也不乱了。

2021年元旦记

天空湛蓝，没有一丝云彩。冬阳和煦，虽然是在严冬，却让人感到融融的暖意。告别2020年的风风雨雨，站在2021年的大门前，眺望着浩渺的天空，沐浴着融融的阳光，深深地吸一口清凉的空气，然后再大口地呼出来，仿佛胸中积存了一年的不快和浊气一下子吐了个干干净净。

想起了年初因疫情封闭在家里的恐慌和郁闷的日子，想起了驾车奔驰在空旷公路上的情景，也想起了静静的夜晚凝望着明月呆呆发傻的时光。惦念着故乡年迈的双亲，惦念着远在海外的女儿，也惦念着如今不知在何方的亲朋师友。

有许许多多的快乐和幸福，有点点滴滴的兴奋和激动，也有丝丝缕缕挥之不去的忧伤。怀念和朝霞旭日相视而笑的清晨，怀念和清风明月举杯畅饮的黄昏，怀念在细雨蒙蒙的丛林小径漫步的夜晚。

2020年过去了。地球绕着太阳又走了一周，西山的草木绿了又枯，东塘的碧水又结了厚厚的冰，而我们的生命又减少了一个四季的循环。

珍惜是过，荒废也是过；漫步是过，奔跑也是过；悲伤是过，快乐也是过。无论如何，还是要把2020年的美好记在心间，然后张开胸襟，迎着初升的旭日，尽情拥抱2021年吧！

谨以此小记，祝愿各位好友2021年元旦快乐！好运！

也说说“屎尿体”诗歌

我没有怎么拜读过贾浅浅的诗歌，也没有读过相关的评论，所以不便说什么，但读了网上举出的一些作品，还是想谈谈自己的看法。记得有一本书里说：“诗人是挑战语言枷锁的人，通过创造超越日常语言的语言，而开辟一个新的价值世界。”的确，诗歌创作是需要创新的，通过对语言进行创造性的组合而开辟出新的思想价值。从某种意义上说，创新是诗歌创作的生命线。如果没有创新，诗歌也就失去了其作为诗歌的价值和意义，诗人也就不能称其为诗人，顶多也就是个语言的商贩。从这个意义上讲，贾浅浅的所谓“屎尿体”诗歌或许其本意是要打破语言常规，追求某种诗歌创作上的创新，实现其新的思想价值，从而达到一种意想不到的艺术效果。但是，或许贾浅浅忘记了诗歌所应具备的另一个本质性的价值元素，即诗歌应该是美的，应该给读者带来美的享受，否则其创新的意义和思想价值也很难实现。正如我们的身体都有不可示人的隐私部位，它是需要遮掩和保护的。如果你非要把撤掉那块兜裆布当作一种勇敢或创新，将自己的隐私暴露于众，不但不美，反而会让人觉得恶心。贾浅浅的“屎尿体”诗歌或许就是犯了这样一个常识性的错误吧。

愚人节说

或许是天生的秉性，自己总在被人欺骗或愚弄。记得小时候，一个小伙伴骗我说在离村庄很远的地方有茂盛的猪草，等我大清早走了几里路赶去之后，发现那里原来是不毛之地，什么都没有。还有一次，一个小伙伴偷了生产队的蔬菜让我帮他拿着，结果人们把不知情的我当成了小偷，弄得我半年多抬不起头来。不仅小的时候，即使是上了大学，参加工作以后，乃至已经年逾半百的今天，还是经常受人欺骗或遭人算计。在自己的人生中，为此吃了不少的亏，有时候损失金钱，有时候损失地位，有时候还要损失名誉。所以母亲就经常说我是个愚人、傻子。周围的人也都评价我过于老实，过于善良，甚至是愚笨。

说自己愚笨不假，有时候自己明明知道是在受骗，却没有像常人一样的反应，仍然接受欺骗或愚弄。这或许是自己愚人的本性吧，天生愚钝，真是没有办法。但有时候，回过头来仔细一想，当愚人也没有什么不好，只要心里乐呵就行了。许多时候，还会有“塞翁失马，焉知非福”的结果。实际上，天道是公平的，那些所谓精明的人即使得了一些便宜，占了一些好处，终归是不能长久的。而且，自己的人生也并没有因为愚笨而过得多么不幸，那些愚弄我的人也并没有因此而过得多好。人生在世，关键是要对得起自己的良心，尊重自己的感受，让自己的内心充盈而富有，而不在于是“精”还是“傻”。

今天是愚人节，或许是因为这个节日来源于外国的缘故，人们自然有些抵制情绪。但我认为，像愚人节这类民俗节日是不分国界和民族的，无论它源自哪里，只要知道它是在通过这种方式来告诫我们：人活着，不要“太精”，还是“傻”一点好，诚实一点的好，否则很可能是“聪明反被聪明误”。愚人节是一个开玩笑的节日、调侃的节日，但玩笑和调侃之中，切莫忘记，人是要忠实于自己，忠实于天地的。

一颗星星

风很大，天很冷。明明是春天，却想不到这么冷。路上行人很少。昏暗的路灯下，树影稀疏地摇晃着，除此之外看不到任何风景。我用绳子牵着狗在大街上走着。因为天冷，我想早点回家。偶然抬起头看了一眼天空，我忽然发现一颗星星在夜空中微微发光。我想找出有没有别的星星，但就是只有那颗星星了。我想集中视线看清楚那颗星星，但不管怎么努力也只能看到微弱的光。那颗星星在遥远的夜空中安静而寂寞地闪着光芒。

一看到那颗星星，总觉得它和在夜晚寒风中行走的自己一样。又小又弱，生活在这个世界上的自己不是和那颗星星一样吗？然而，无论被忽视，还是被鄙视，仍然在努力。只要能力允许，就算只有微弱的光芒也会拼命地照亮这寒冷的夜空。在孤独与寂寞中，像萤火虫一样竭尽全力地舞动着生命的光辉。

小土丘的初夏夜

当槐花飘落后，小土丘上又增添了柔柔的温情和浓浓的蜜意。晚风轻轻地吹拂着，星星一闪一闪地眨着眼睛，浓密的槐荫中充满了初夏夜晚的风情和神秘。

我悄悄地走进去，坐在树下的石凳上，聆听着风儿和树叶的窃窃私语，观看着树梢与白云的挥手致意，仿佛感觉大自然正在小土丘上面上演着初夏夜晚的浪漫恋情。告别了冬天的寂寞荒凉和春天的花枝招展，小土丘的居民们好像成熟起来了，变得更加深沉和持重。用不了多久，那些隐居洞穴的小动物和虫儿们就要参与进来了。到那时，小土丘的夜晚将会出现一年一度的生命狂欢。

我静静地享受着小土丘初夏夜晚的美妙，也期盼着小土丘的居民们幸福、快乐！

初夏晨雨访池塘

昨晚的雨依旧下着，淅淅沥沥的，还是那种缠绵悱恻的感觉。虽然时节已经到了初夏，但雨滴滴在脸颊上，还是有些凉冰冰的，再加上斜风吹来，甚至让人有些春寒的感觉。

我想念小池塘了，不知它在这蒙蒙的细雨中会是什么样子。于是，左手撑着雨伞，右手牵着爱犬，我沿着清晨冷清的人行道，急急地向东走去。

远远望去，池塘的周围垂柳依依，海棠翠绿。各种树木高低错落，郁郁葱葱，环抱着一池碧水。

或许是因为下着雨，也许是大清早，池塘边除了我，没有一个人。我心中不禁窃喜：可以一个人独享这初夏清晨的小池塘了。

雨还在淅淅沥沥地下着。雨滴接连不断地落在水面上，像蜻蜓点水一样，平静的水面泛起一圈圈小的涟漪，像是少女的浅笑，甚是可爱。在池塘的一隅，几片娇小柔嫩的荷叶刚刚浮出水面，雨滴在叶面上结成了一个个晶莹剔透的小水珠，在阴郁的天光的反衬下，显得光彩夺目。曲径通幽，沿着池塘边向前走，穿过一座小石桥，透过一处茂密的树丛，我忽然发现了一片睡莲。在茂盛的莲叶中，两三朵莲花犹抱琵琶半遮面，羞羞答答地开放了。洁白的花瓣中包裹着粉红色的花心。整个花朵粉中透白、白中带粉，在碧绿的莲叶衬托下显得冰清玉洁、水润鲜活，让人不由得想起了贵妃出浴的画面。

正当我对着池塘出神的时候，忽然从莲叶中传来了一声清脆的蛙鸣，格外悦耳。我忽然有些不好意思了，或许是我这不速之客破坏了池塘的安详与宁静。于是，我急忙在心里对水中的青蛙说了声对不起，然后在细雨中悄悄地离开了小池塘。

鸟窝

房子前面有一座土丘，土丘上有一片槐树林，槐树的枝杈上有一个鸟窝，鸟窝里住着两只花喜鹊。这两只花喜鹊就像一对夫妻，每天叽叽喳喳，飞来飞去，好像很忙碌。

我几乎天天都来看它们。一年到头，春夏秋冬，一连看了好几年。我不是进行科学观察，不知道哪只是雌哪只是雄，也不知道飞着的是老鸟还是新雀，更不知道它们每天在做什么，在说什么。

但是，我发现鸟窝越来越大：开始是20厘米，第二年增加到30厘米，第三年又增加到50厘米，如今快1米了。用一根根树枝搭建起来的鸟窝，看上去又大又结实。无论是刮风还是下雨，鸟窝岿然不动。有时候，我想爬上去看个究竟，想看看鸟窝的结构，想看看喜鹊怎样生活。可惜我没有了少年时的体力，更没有了那种闲情逸致，当然我也不愿去打搅喜鹊的生活。所以，我只是远远地看着。

但是，最近有很长一段时间，我没有见到花喜鹊了。不知它们是搬了家还是老死了。每当我走过树下，都会胡乱地猜测，甚至有些淡淡的伤感，但愿它们是搬走了。

其实，人类的房子也如同这鸟窝，无论搭建得多么结实或豪华，如果没人居住了，也就成了空巢。而人的精神世界又何尝不是如此呢？如果你没有了精神的支柱或追求，空有一副躯壳又有什么用呢？

静夜思

暑热尚未完全褪去，秋风也是偶尔光顾。尽管疫情形势严峻，但路上叫买叫卖，人来车往，依旧是热闹。白天有工作就忙工作，没工作就看会儿书或写会儿论文。我尽量将自己的社交活动控制在非必要的范围内，剩余的时间全部交给自己的身体和心灵。

书籍、电视、抖音、微信，这些途径足以告诉我这个世界所有的信息，真的、假的、好的、坏的、可悲的、可笑的，我不必再依靠茶余饭后的闲谈或大街小巷的传闻。面对世间的熙熙攘攘和纷纷扰扰，我干脆堵上耳朵，闭上眼睛，就像远离尘世的道士或和尚，只用心去辨别自己和外界。

今晚，我沏了一壶茶，然后坐在窗前。打开窗子，耳朵里听到的依旧是远处的汽车噪音和吵闹的音乐声。我用自己的心过

滤掉这些声音，再侧耳细听，隐隐约约地可以听到细微的虫鸣，我努力辨别着哪个是蛐蛐儿，哪个是蝈蝈儿。这时候，一股凉风吹了进来，面颊和身上感到一丝微微的爽快。于是，抿了一口茶水，抬眼看了看天空。今天是农历七月初六，看不到月亮，也看不到星星，除了对面楼上的灯光，便是茫茫的夜空。

我不想读书，不想看电视，也不想说话和思考，只想和这寂寥的夜空默默地对视。这时候，我似乎觉得，自己的灵魂已经融入了遥远的黑暗中，正在和这无垠的夜进行着惬意地交流。

后记

经过一个暑期的努力，《如意的乡愁》初稿终于完成了。看着这些即将付梓的文字，心里既激动又忐忑。不知这本书出版后是一个什么模样？也不知道读者会有什么反应？中国有句俗话，叫丑媳妇总要见公婆。《如意的乡愁》虽然算不上是大家闺秀或金枝玉叶，但毕竟是我用一滴滴的汗水和心血培育出来的花朵。我相信它一定能给读者带去一缕芳香或一抹美丽，也相信它会像一股清流能够浸润那些跋涉者干渴的心。

这些作品大多是我利用业余时间写的一些豆腐块文字。根据文章的内容，我将其整理为《我的易水河》《故乡的年》《我的风花雪月》《四时随感》《家乡的美味》《心中的圣殿》和《五味杂陈》七篇。第一篇《我的易水河》收录了若干叙事性散文，主要讲述了我少年时代的一些故事，既是我少年时代成长经历的真实写照，也反映了那个特殊年代的一些社会生活。相信同龄人读起来会产生共鸣，年轻读者会从中了解我们所生活的那个特殊年代。第二篇《故乡的年》是对我儿时农村过年各种风俗活动的一些描写，虽然内容上有些简单和流于皮相，但它记录了从前北方农村过年的一些风俗习惯，对读者思考中国的民俗文化也很有裨益。随着社会的发展和农村生活方式的改变，许多年俗活动现在都已经消失了。这些描写年俗的小文或许可以帮我们找到一些美好的回忆。第三篇《我的风花雪月》和第四篇《四时随感》可以说是我的诗集《如意四季歌》和《如意的星空》的散文版，运用散文的语言和形式描绘了我在日常生活中对风花雪月、四季风情等自然景色的感受，融入了自己对自然、人生和社会的思考。第五篇《家乡的美味》是对保定及其附近地区一些传统特色美食小吃的描绘，其中《白运章包子》《保定驴火》等作品曾在《保定日报》发表，引起了很好的反响，被誉为反映保定传统美食的佳作。另外，对槐花团子、玉米粥等日常小吃的描述也含有深深的乡愁味道。第六篇《心中的圣殿》主要描写了我眼中的图书馆。2015年我来图书馆工作是一种偶然，或许也是冥冥中的一种安排。这不但给我的生活带来了许多新的乐趣和收获，也让我深深地爱上了图书馆。其中《遇见莫言》一文刊登于《保定晚报》，记述了莫言访问河北大学图书馆的一些趣事，读来耐人寻味。第七篇《五味杂陈》是我平日写的一些小随笔，因为它不仅仅反映了我当时的心情和对事物的看法，又具有一定的思想价值，因此也收入书中。

如上所述，这本书包含了故事、散文、随笔等几种文学形式，内容也较为复杂，但其主题是很明确的，就是对真情的表白，对善良的讴歌，对美好的礼赞。这本书的出版，能够使更多的人阅读这些作品，同时增进我和读者的思想交流，唤起读者心中对真、善、美的判断和追求。所谓“乡愁”并非仅仅是我们平时所说的思乡之情，而应该是我们所具有的一种普遍的情感归宿，是我们共同的心灵故乡。《如意的乡愁》是我自己的灵魂告白，也希望能为喜欢它的人提供一处精神家园。

最后，在《如意的乡愁》付梓之际，我还要郑重地感谢河北大学出版社以朱文富为首的各位领导和责任编辑翟永兴老师、美术编辑赵谦老师，感谢给了我很大帮助的作家刘增山先生，感谢支持我的家人，尤其要感谢那些给了我源源不断的创作灵感的人和自然。

张如意

2021年初秋于保定